イケメンとテンネン

第一章　「キライ」から始まる「スキ」

私のキライなもの。

イケメンとテンネン。

鏡の前で、髪をくるりと綺麗に巻く。メイクは薄すぎず濃すぎず、マスカラはボリュームより長さを強調。爪はネイルがはがれていないか確認して、全体の服のバランスをチェックする。

「うん、大丈夫」

にっこりと笑って、最後の仕上げに艶《つや》やかなグロスを塗り、私、牧野咲希《まきのさき》は武装する。

華やかで強くて綺麗なオンナに。

好きな男ができれば、かわいくなりたい、綺麗になりたい、仕事もしっかりできるイイオンナになりたい。そう願うものだと思う。

努力するのは見た目だけじゃない、中身もだ。新聞に目を通して社会で今何が起きているかを知る。英会話教室に通う時間はなくても、英語が学べるアプリをダウンロードして勉強したり、銀行の女性向けセミナーで金融商品を聞きかじったりする。

大手商社の総務部に勤める身としては、それらはキャリアアップにもつながるのだ。

好きな人に少しでもふさわしくあるために、自分を磨《みが》く努力をする。

でも世の中には、自分は何をしても地味だからと最初から諦めて、ありのままの自分でいようとする子もいる。そんな女の子に限って、「自分なんか」と卑下して、恋をしようとかイイ男を掴まえようとかいう努力もせずに、「いつか王子様が」なんて夢見ていたりするのだ。

けれど……男に愛されるのは、意外にそういうタイプだったりする。

「ほら、桜井《さくらい》さんと一緒にいるの……」

「地味な子だよね、釣り合ってないじゃない」

女子社員のひそひそ声と彼女たちの視線が向かう方をちらりと見た。明るい栗色の地毛に、涼しげな目元、優しげで品のある王子様系の顔立ち。まるで韓流ドラマに出てくる御曹司役の俳優みたいな男。それが桜井透《とおる》だ。

現在、経営企画部にいる彼は、その見た目だけでなく仕事ぶりも評価されている。保守的な上司をうまくコントロールして、革新的な企画を提案し成功に導いている我が社のホープの一人だ。

彼とは高校三年から、大学、就職先まで同じで、男友達としてずっと仲よくしている。

そんな彼の微笑みを隣で受け止めているのは女子社員の言う通り、地味な女だった。

グレーというよりもねずみ色といった方がいいスーツに、面白みのない白いシャツ。袖の長さや身ごろのラインを見ても、体に合っていないのがよくわかる。肩ではねている髪は整えられた気配もない。ノーメイクに近い薄化粧でいかにも「原石です」みたいな風情《ふぜい》のテンネン女、それが透の彼女である夏井莉緒《なついりお》だ。

入社二年目なら初々《ういうい》しさが多少抜けかかってもおかしくないのに、いつまでたっても垢抜《あかぬ》けない。けれど少し高くてやわらかな声とか屈託《くったく》ない笑顔とか、毒々しい女の部分を見せない（もしくは、ない）ことで、無自覚にスペックの高い男を引き寄せる。

某アイドルグループのコンセプト……普通っぽさがウリ、みたいなのを体現しているのが彼女だ。

二人が一緒にいる姿を見ると、私の胸中には灰色のもやもやが広がってくる。

透の隣はずっと私の場所だった。

透の傍にいてもおかしくないように爪の形を綺麗に整え、髪も枝毛が出ないように手入れをし、自分に似合うメイクを勉強した。洋服のセンスを磨《みが》き、彼の豊富な話題についていくために、最新の情報を収集することも怠《おこた》らなかった。

彼の傍にいることで、嫉妬《しっと》もされたし陰口も言われたし、軽いいじめみたいなものにも遭ったけれど、それにも耐えた。

いつかは……いつかは友達を越えて特別な関係になれるんじゃないかって、期待していたから。

でも透が選んだのは、彼の傍にいるために努力してきた私じゃなく、「ありのままの」彼女だ。

「牧野さんの方がよっぽどお似合いなのに」

「夏井さんよりは確かにねー」

自分の名前が出たのをきっかけに、こっそりその場を離れる。だって嫌みにしか聞こえないんだもん。どんなに第三者に「お似合い」だって言われたって、透が選んだのはあの子なんだから。

私は他部署から引きあげてきた書類を抱え、お昼休憩に向かう社員の波に逆らって歩いた。

「あなたみたいな子が、桜井さんの傍にいると目ざわりなのよ！」

廊下の端にある女子トイレから聞こえてきた声に、私は自分のタイミングの悪さを呪《のろ》う。

ああ、やっぱり。またこんなことになるんじゃないかと思っていたんだよね。透とテンネンちゃんのツーショット姿の目撃談が最近増えてきたから。

私はふうっと息を吐いて足を止める。あの子に関わるとロクなことないから、いっそ聞かなかったことにしよう。あの子も散々こんな目に遭ってきているんだから少しは学習して、こんな人気《ひとけ》のないトイレを使うの避ければいいのに。

けれど、踵《きびす》を返そうとした瞬間「きゃー、あんた何すんのよ！」という叫び声が聞こえて、私は思わずトイレに駆け込んでしまった。

そこには、涙目になりながらも水道から水を飛ばしているテンネンちゃんと、文句を言っていた美女がびしょぬれで立ち尽くしていた。

口では敵《かな》わないから実力行使に出たのだろう。これまでは泣き寝入りしてばかりだったけど、世間にもまれて少しは成長してきたようだ。

「私は！　桜井さん、本人に、迷惑だって言われない限り、傍にいます！」

声を震わせながらもテンネンちゃんは言い放つ。この間までは何も言い返せずに落ち込んでいたのに、透の気持ちがきちんとわかったから自信がついたのかもしれない。

「牧野さん！　この子ひどいのよ！　いきなり私に水をかけてきたの」

いや、私に言われても困るんだけど。

美女を見れば巻き髪は濡れたせいで崩れ、綺麗に施《ほどこ》されてあった化粧は……いいものを使っているんだろう、特に歪《ゆが》みはない。ジャケットの下の白いブラウスからは、赤い色が透けて見えている。うわ、会社に赤いブラジャーつけてくるんだ、この人。まあ、立派な谷間をお持ちですからね。

「夏井さん……さすがにやりすぎ。やりかえした根性は認めるけど」

「牧野さーん」

一方、こっちはほとんどすっぴんかと思うほど化粧っけがない。童顔が余計に幼く見えるし、あいかわらず服装も地味だ。

「あなたも課長には伝えておくから、更衣室で着替えてきたら。その格好じゃ男を喜ばせるだけだし」

びしょ濡れの美女にそう声をかけると、彼女は私の言葉に悔しそうに唇を噛んだ。

「牧野さんは、悔しくないの!?」

テンネンちゃんを睨《にら》みながら彼女は問いかける。そのあとに続く言葉は「こんな女に透をとられて」だろうか。

そうは言ってもね、私は「悔しい」なんて思っていい関係じゃないんだよ、透とは。いろんな噂を放置しているから、誤解している人が多いことは知っているけど。一応私にもお付き合いしている彼がいるしね。

「桜井さん、本当に見る目ない‼」

言い捨てた美女の後ろ姿を見送る。見る目がないのかあるのか私にはわからない。

わかるのは、透が選んだ相手が彼女だってことだけ。

テンネンちゃんの紺色のジャケットの下は、やっぱりシンプルな白いシャツ。透けているベージュのブラジャーを見て、私はため息をついた。自分からしかけておいて濡れちゃ、意味ないじゃんね。

「ほら、あなたも着替えてきたら。っていうか着替えぐらい置いてあるわよね？」

かすかに濡れた髪先が左右に揺れる。そうか、勤務後に急に約束ができて着替えた方がいい場面もあるかも、なんて想像しないよねえ。仕方ないから私の替えを貸すしかない。この格好で仕事に戻ったら、透が心配するだろう。

「牧野、ちょうどよかった」

女子更衣室に行く途中、廊下の向こうから声がかかる。またどうしてこんなタイミングで来るかなあ。今宮朝陽《いまみやあさひ》はすぐに私の後ろにいる存在に気づいて、そして顔をしかめる。

「……誰にやられた？」

いつも以上に低い声にこもる憤り《いきどお》。クールな雰囲気を醸《かも》し出している男がすごむと、迫力がある。

営業一課に所属する同期のこの男もまた、透と並ぶ我が社のホープ。熱意があるようには見えないのに、気難しい取引先には信頼され、思ってもみない切り口で新規を開拓してきたりする。

透が王子なら、こいつはさしずめなんだろう……魔王？

冷たそうな目にクールな態度。透とは対照的な男だが、この手のタイプが好みの女たちにはたまらないイケメンだ。

あまり感情を露《あら》わにしないくせに、こういうときだけ感情が表れるあたり、こいつにとってもテンネンちゃんは特別なんだなと思う。

「やられたんじゃないわよ。自業自得。自分で濡らしたの」

「夏井さんが……？　これ、牧野にやられたんじゃないのか？」

どうしてそうなるおまえ。

あんたが私のことを気に入らないのも知っているし、私がテンネンちゃんを嫌いなのも事実だけど。

「違います！　牧野さんは助けてくれたんです」

助けたわけじゃない。通りかかっただけだ。

「というわけでこの子に着替え貸さなきゃなんないから急ぐんだけど、私に何か用？」

「あとでいい。夕方また声をかけるよ」

ふん、急ぎじゃないならいいけどさ。

「災難、だったな」

そう言って、テンネンちゃんの頭を軽く撫でて通り過ぎていく。

こんなの透が見たら激しく嫉妬《しっと》する。それにあんたに憧れている女たちのやっかみにまた遭うぞ。

そういうのわかってやっているのか、そうじゃないのかわからないけれど。

まあ、いい男にモテてしまう女の宿命かもね。

女子更衣室に入り、私はテンネンちゃんに着替えを渡した。ついでに全体をコーディネートしてあげる。

テンネンちゃんの顔立ちは、一見本当に普通。胸の大きさもスタイルもごくごく平均的。だからちゃんと自分にあったサイズのものや、ラインに注意して、服を選べばなんとかなる。こうしてふんわりフリルをあしらった淡いピンク色のシャツを着せてジャケットのボタンを外して。目元を中心にしたメイクをして唇の色は控《ひか》えめに。毛先が濡れた髪はちょっとアレンジして、高めの位置で結んでシュシュで華やかさを出せば――

ああ、悔しいけれど。

肌は白くて綺麗だし、二重もはっきりしているから、アイラインを入れるだけで目が大きく見える。ちょっと華やかにするだけで、かわいらしく変身した。そしてその姿を見た彼女は素直に喜んでいる。

この子は感情表現が素直だ。

そういう部分に、透や今宮みたいなハイスペックな男は惹かれる。

普段、自分に自信があって、色気をふりまいて駆け引きしてくる女に囲まれているから、余計に。

「牧野さん……魔法使いみたいです」

「あんたはもう少し自分を飾る勉強をしなさい。そうすれば、透と不似合いだなんて言われなくてすむのよ。元は悪くないんだから」

「似合っていないんじゃないかって、不安で。それに、お化粧すると派手になりすぎるから」

だろうね、わかるよ。でも、それは勉強と努力が足りないからだよ。まあ、何もしなくても男たちは彼女に群《むら》がっていくんだけど。

ん？　こんなことをしたらもっと男の目を引きつけてしまって、透が心配するかも。

ま、いいや。彼が困ろうと困るまいと私には関係ないし。

腕時計を見ると、あと数分で休憩が終わる時間だった。

「仕事に戻るわよ」

「はい！」

扉を開けると、女子更衣室の前にいるべきでない人物が壁によりかかっていた。

相変わらず過保護なことで。彼が——透がここにいるってことは、今宮が透に知らせたってことだ。二人とも過保護ってこと？

「莉緒、大丈夫？」

透は壁から体を起こし、すぐに彼女の肩をやんわりと抱く。透くん、私の目を気にしてくださいね。

「朝陽から聞いて。どこか痛いところとかない？」

「子どもじゃないんだから大丈夫よ。この子は加害者」

「だ、大丈夫です」

「……っていうか、これ、咲希ちゃんがやったの？」

「ブラウス貸してあげたから、ついでにいじらせてもらっただけよ」

透はテンネンちゃんにはわからないよう、私にこっそり迷惑そうな顔を見せて、曖昧《あいまい》な笑みを浮かべる。

「に、あわない、ですか？」

テンネンちゃんは潤《うる》んだ瞳で上目づかいをして、おそるおそる尋ねている。なかなか高度な技術を無意識でやるあたり、本当にこの子侮《あなど》れない。

「うんん。似合っている。かわいい。かわいすぎて仕事に戻したくないくらいだ」

透の歯の浮くような台詞《セリフ》に彼女が頬を染める。そんな台詞《セリフ》をサラッと言ってしまう透も、ほんと無敵です。

「じゃあ私は仕事に戻るから。夏井さん、そのブラウス、クリーニングして返してね。透、あとはよろしく」

テンネンちゃんは好きじゃない。本当に天然なんだってわかった今でも、この子のことは好きにはなれない。たぶんそれは私のやっかみが大半を占めているけれど。

それでも透が幸せそうに笑うから。

だからいいんだって思うようにしている。

透が幸せならそれでいい。

透の愛しい眼差しが私に向けられることはなくても。

放っておけない空気感を素面《しらふ》で出しまくるテンネンちゃんに、透はすぐに手を差し伸べた。女嫌いとまではいかなくても、適度に距離をとっていた彼が自《みずか》ら動いたのだ。

控《ひか》えめなタイプの女の子はあまり透の近くに寄ってこないので、彼は自分の好みが彼女みたいな女の子であると気づくのに時間がかかったようだ。

私は透の好みに気づいていたけれど、あえてそういう子は近づけないようにしていた。

そう、私は邪魔をしていたのだ。

私が傍にいるから近づけないっていうような子に透を渡したくなかった。本当に彼のことを好きならば、奪いにきなさいよって感じだ。

けれど私が予防線を張る間もなく二人は出会って、想いを通じ合わせるようになった。そりゃ、そうだよ。あの見た目だし、素で王子様をやれる男だよ。どんな女だってそんな男に好かれれば、ころっとよろめくよ、ころっと。

けれど私は警戒した。

テンネンちゃんは、本当に天然なのか。

裏があるんじゃないか。他にも男がいるんじゃないか。

だから彼女が透のファンに囲まれていても放置したし、自信をなくすよう仕向けたりもした。

だけど、今はもう……あの子が本当に「イイ子」だってことも、透を本気で好きなことも一応認めてやっている。

「なあ、営業三課の夏井さん見た？　なんか、ちょっとかわいい感じだったんだけど」

おお、おお。

男たちの噂になっているみたいだ。私の腕がいいからだけど、やっぱり手を加えるだけで、注目浴びちゃうんだ、あの子は。

この会社にはテンネンちゃんより、綺麗な子もかわいい子もたくさんいる。

特に秘書課なんかはレベルが高くて、合コンの誘いが途絶えないらしい。その子たちももちろん注目はされているけれど、高嶺《たかね》の花っぽくって鑑賞用で終わっている。まあ、秘書課の方々は彼氏持ち率高いけどね。

そんな中にあってもテンネンちゃんは注目を浴びるのだから、やはり男から見ればどこかに魅力があるんだろう。

「牧野、今、手あいているか?」

フロア内がざわついたと思ったら、またこいつの登場か。

「あいてないけど、なんでしょう?」

そういえば、こいつ夕方また来るって言っていたな。すっかり忘れていたよ。私の言葉に、今宮はすっと目を細めて嫌そうな表情をした。

社員研修で出会って以来、こいつとは顔を合わせる機会が多い。なぜなら透がこの男と仲良くしているからだ。

そのせいかどうか知らないが、こいつはなぜか自分の仕事のサポートに私を使いたがる。

初めて会ったときから私はこの男が嫌いだ。だってどっからどう見たって、イケメン。

そしてそれをきちんと自覚していて、余計な女が寄ってこないように事前にバリアを張る傲慢《ごうまん》な態度も気に入らない。

あんたの仕事をサポートしたい女なら、そのへんにうじゃうじゃいるじゃん。あんたからの頼みだったら、快《こころよ》く引き受けてくれるよ。

と、目だけで訴えてみる。

今宮は私の視線をスルーして、書類をどさっと机に置いた。

「この部分、過去のデータが欲しい。それからこの数字再度チェックして」

「いつまでに？」

「明日の午前中」

「私、他にも頼まれている仕事があるんですが」

「牧野なら大丈夫だ」

その根拠はどこにあるー。だいたいなんで私がおまえの仕事を手伝わなきゃなんないー。

「あのー、よかったらそれ、私がやりましょうか」

おお、天の声、と振り返ればつい先日いらしたばかりのかわいい派遣さん。万人受けしそうな服装に派手じゃない化粧。性格はよく知らないけど悪くなさそう。今宮をロックオンして目をキラキラさせているけど、女としてそれは当然の反応だから良しとしよう。

「いや、これは彼女にしかできないから」

こういうタイプもだめ？　やっぱりあんたの好きなタイプもテンネンちゃん？

派遣さんは今宮の冷たい口調にびくっとして、失礼しましたと頭を下げて去ってしまった。こいつの迷惑そうな態度に気づくだけ、なかなかいい子だと思うんだけど。

派遣さんを見送ると、フロア内の社員の視線が集まっていることに気づく。私たちのやり取りをいろーんな思惑で見ているんだろう。

やってられない！

「わかりました。明日のお昼までにやっておきます」

これ以上変な注目を浴びるのも嫌だったので、私はしぶしぶ引き受ける。いつも抵抗しているのに、どうして私に頼むんだろう。

わかっているけどね。

仕事ができるから私に声をかけるわけじゃない。余計な女と親しくならないための予防線を張るために、私を利用しているだけだ。

「じゃあ、頼む」

ふっと目の前の机にオレンジジュースの紙パックが置かれた。思わずそれと今宮とを見比べるけど、奴は無表情のまま。

「それ、飲んでいい」

私は呆然《ぼうぜん》として奴の背中を見送る。コーヒーでも紅茶でもなく、オレンジジュース。そのセレクトに意味があるのかないのかわからないけれど、私は今宮のこういうさりげなさが嫌いだ。誰にも関心がないようにふるまっているくせに、ふいに示してくる気遣いみたいなもの。

机の上の書類とオレンジジュースを見て、私はため息をついた。

＊＊＊

「今宮、午後からの打ち合わせに必要なデータ、間に合いそう？」

主任の言葉に、プレゼン用の資料をファイルに保存しながらオレは時計を見た。総務の牧野咲希に頼んだ資料は、打ち合わせに必須のものじゃない。ただ先方に問われたときにはすぐ提示できるよう準備しておきたい補助資料だ。

「大丈夫だと思います」

今日のお昼までと頼んだときに、牧野は異《い》を唱《とな》えたりはしなかった。間に合いそうにないと判断すればその場で言うはずだ。それがなかったということは、きちんと仕上げてくるつもりなのだろう。

「誰に頼んだの？」

先輩社員にこそこそっと耳打ちされ、「牧野です」と答えると、彼は驚いたように目を丸くする。「よく引き受けてくれたね、急だったし量もあったのに」と続けられてオレは苦笑した。

仕事はできるけれど厳しい、と敬遠する輩《やから》も多いが、仕事は確実だし、そこに余計な私情を挟まないので、オレは彼女を評価していた。実際、営業三課の連中はどんなに文句を言われても、牧野に仕事を頼むことが多いらしい。

「今宮くん」

高めのかわいらしい声が響いて、ドアの向こうから牧野が顔を出す。くるりとした毛先が胸元を覆《おお》い、綺麗なピンク色に塗られた指先が大事そうに書類を抱えている。紺色のふわりと広がったスカートに袖口にレースがついたブラウス。外見は甘めでかわいらしいのに、その表情だけがきつい。見た目が派手で気が強い彼女は、本来ならオレが苦手とするタイプだ。

男が好みそうな女を演出し、わざと隙《すき》を見せることもできる、したたかな肉食系女子。自分に自信があるタイプの女と関わることに飽き飽きしていたオレは、最初彼女のことを警戒していた。だが、今は違う。

時計を見れば、予定時刻の十五分前。予定より早く仕上げてきたことに満足する。牧野は初対面のときと同様、嫌そうな表情を隠さずにオレに書類を渡してきた。

「助かった。ありがとう」

「どういたしまして。一応確認してくれる?」

パラパラとページをめくって中身を確かめる。データの内容や日付など不備がないかチェックしながら、ちらりと牧野を見た。ちょっと心配そうな上目づかいをしているのは、たぶん無意識なんだろう。オレ相手にそういうテクを使う女じゃない。

「大丈夫だ」

「そ、よかった」

すぐに頼りなさげな空気を消して、得意げににっこり微笑む。

「あ、牧野さんだ」という他の男の声が聞こえているかどうかわからないけれど、その笑顔は意図的に作ったように見えた。

「じゃあ」

「ああ」

去ろうとした牧野が、ふと立ち止まってオレを見上げる。曖昧《あいまい》な表情をして、牧野は小さく口を開いた。

「昨日は、ジュース……ありがと」

そう言って身を翻《ひるがえ》した牧野に、オレは呆気《あっけ》にとられる。その後、浮かびそうになった笑みを噛み殺した。


一息ついてオレは時計を見た。仕事はあと少し残っているけれど、休憩でも入れようとエレベーターに向かう。

各階の喫煙ルームの傍には休憩スペースがある。けれどオレはあまりそこを利用せずに、役員フロアの休憩室に行く。透に教えられたその場所は、一般社員はエレベーターでは直接行けず、下の階で降りて非常階段を使うという面倒な手段をとらなければならない。

だが、自販機も多いし、休憩用の椅子もいいものが設置されているうえに人が少ない。残業時間帯の今ならなおさらだ。

到着したエレベーターの扉が開くと、中には見知った顔が乗っていた。

「こんにちは。今宮さんも休憩ですか？」

一日の仕事の終わり、誰もが疲れを滲《にじ》ませるはずなのに、夏井さんの笑顔にはそういったものが微塵《みじん》も見えない。

彼女は初対面のときからオレにぽーっと見とれることもなく、媚《こび》を売ることもなく、常にマイペースでにこにこ笑いかけてくる。

「夏井さんも上？」

「はい！　牧野さんにお借りしたブラウスがやっと戻ってきたので、今クリーニング屋さんから取ってきたんです！　牧野さんと透さん、上で休憩中らしいので」

見れば、ビニールのかかった淡いピンク色のブラウスが紙袋の中に入っていた。ああ、これが透が不機嫌だった元凶か。「夏井さんの雰囲気が違っていてかわいい」とか、「あの子、あんなにかわいかったんだ」みたいな声がちらほら聞こえてきて、透は複雑そうだった。着替えを貸しただけじゃなく変身の手助けまで牧野がしたらしいと知って、正直オレは驚いていた。

どう見たって牧野は夏井さんを嫌っていたから。

化粧もあまりうまくないし、服装もおかしくはないけれど普通。仕事はできるともできないとも言えず、とりたてて目立つ要素がない。そんな夏井さんを、透が囲い込みに走った。隙《すき》を与えながらも逃げられないように。

みんなのものであったはずの王子様の変化に、牧野も周囲も、すぐに気がついた。牧野相手では不発が多かったイジメは、夏井さんに命中する。それは女のやっかみ、妬《ねた》みがどれだけ他人を傷つけるか、よく知っていたオレでさえ驚くほどのものだった。透はできるだけ排除しようとしていたけれど、女の世界には男が入り込めない場所がいくつかある。女子トイレだとか、女子更衣室だとかだ。

牧野が、透の想い人である彼女をどうするのか興味はあった。他の女と一緒になって邪魔をするのか手を差し伸べるのか。でも牧野は放置を決めた。

オレはちらりと夏井さんを見る。

透と付き合いはじめても相変わらず垢抜《あかぬ》けなくて純朴《じゅんぼく》、けれど彼女のめげなさや元気のよさやキラキラした裏のない笑顔は、綺麗なメイクや服装にも負けない武器だ。

嫌われているとわかっていても、牧野を慕える強さも。

「荷物持とうか？」

エレベーターから降りて非常階段のドアを開けると、オレは声をかけた。夏井さんはびっくりしたような表情をしたあと、とんでもないと言わんばかりに顔を横にぶんぶんと振る。

「大丈夫ですよー、軽いですから。それにこっちは今宮さんに持っていただくにはかわいすぎます」

彼女はもうひとつカラフルな袋を持っていた。オレンジ色のリボンに小さな白い花が飾られている。

「牧野さんへのお礼です。牧野さんっぽくてかわいいでしょう。フルーツのキャンディの詰め合わせなんです。すごくかわいくてたくさん買っちゃいました。牧野さんに『かわいー』って言ってもらえたらいいんですけど」

牧野っぽいというのがよくわからなかったけれど、オレは曖昧《あいまい》に頷《うなず》いた。透に会えるのが嬉しいのか牧野に会えるのが嬉しいのか、その両方みたいに夏井さんは階段を跳ねるようにかけ上《のぼ》っていく。扉を開けて廊下に出ると、彼女はその足をふっと止めた。

「夏井さん？　どうした？」

彼女が見ている方向にオレも視線を移す。薄暗い廊下の奥が、そこだけふんわり温かな明かりに包まれ、丸い椅子が浮かび上がっていた。白いカップを手にした二人は椅子には座らずに、窓辺に立って何やら話をしている。

透は誰にでも見せる優しい眼差しの中に、どこか甘いものを漂《ただよ》わせて牧野を見ていた。あいつは誰にでも優しく穏やかに接するけれど、牧野にだけは振りではない表情をよく見せる。甘えたりすねたりしたような口調で話すのも、牧野にだけだ。

牧野も牧野で、普段の肩肘《かたひじ》を張った表情じゃなく、「ふにゃり」といった隙《すき》のある笑みを浮かべている。

こういう牧野はあまり見られない。透と二人でいても周囲に人がいるときには見せないからだ。あの二人が恋人同士でないなんて信じられないくらいに、漂《ただよ》う空気は甘い。

恋人が自分以外の相手を愛しげに見ているなんて、夏井さんだってあまり気持ちはよくないだろう。そう思って彼女を見ると、夏井さんはうっとりとした表情で二人を眺めていた。

「かわいい、かわいいです、牧野さん！　あんな牧野さん貴重ですよねえ。私にはなかなか見せてくれないですもん、今みたいな笑顔」

小声で力説する彼女にオレは脱力する。こんな場面で嫉妬《しっと》をするどころか、牧野を見て悶《もだ》えるなんてやっぱりこの子は変わっている。

「今宮さん、もう少し二人を堪能《たんのう》していいですか？　あんな優しそうな透さんも、かわいい牧野さんもなかなか拝《おが》めないんですー。私がいると絶対牧野さん、いっつもこーんなふうに眉が寄っているので」

眉が寄っているのは夏井さんに対してだけじゃない。オレにだってそうだけどな。

「かわいい」ね。

夏井さんの言う通り、おそらく誰にも見せることのないやわらかな表情は、いつもよりあいつを幼く見せる。

悶《もだ》えて妙な動きをしている夏井さんに牧野が気がついて、嫌そうに顔をしかめるまでのわずかな間、オレは二人を見つめていた。

透以外には決して見せないだろうそれに少しだけ興味を抱いたのは、きっとただの好奇心。

＊＊＊

はい、私は今日高級レストランでフレンチのコースをいただくことになりました。十九時半にレストランのウェイティングバーに集合だ。

もちろんこれは透の奢《おご》り。

この間テンネンちゃんを庇《かば》い、さらにブラウスまで貸したお礼をしたいということだったので、ここぞとばかりに要求してみました。いいんだ、幸せカップルには何したって!!　かわいらしいキャンディの詰め合わせセットはテンネンちゃんにもらったけどね。

透とテンネンちゃんと三人というのがなんとも微妙だけれど、美味しい食事には代えられない。この際、目の前でいちゃつかれても気にならないように、高いワインを頼んで気分を上げちゃうのもいいかも。

今日の髪はハーフアップにして、毛先はくるんと大きめに巻いた。カメリアの花の形のベージュのバレッタは、花弁の先にきらきらがついていて上品で華やか。プッチ柄のラップワンピースに、底が真っ赤なパンプスを合わせ、気合を入れる。香水はワインの香りを損ねないよう、かすかに感じる程度にした。大人びた色っぽさの中にかわいらしさを潜《ひそ》ませる。

カップルに負けないためにはパワーが必要だ。

確実にぼっちなのは私だし。

かといって自分の恋人を連れてくるわけにはいかない。だって透の奢《おご》りだから。

ベージュの刺繍《ししゅう》が上品な、濃いグリーンのふかふかの椅子に腰を下ろす。壁に掛けられているのは高級そうな絵。この雰囲気だけでも気分はお嬢様だ。

優雅な気持ちで待っている間、シャンパン頼んでもいいかなあと考えていたら、目の前に影ができて顔を上げる。

「早かったな」

その言葉に私は思いっきり顔をしかめた。

なんで、おまえがここにいる。今宮ー！

にこにこ、にこにこ。

透がコーディネートしたついでにテンネンちゃんにプレゼントしたんだろう。ボートネックの濃紺のワンピースは、彼女には珍しくタイトなライン。金色の飾りボタンは何気に某ブランドであることを示している。彼女自身では決して選ばない服。でも、こういう大人っぽいワンピースも彼女の清楚な雰囲気を引きたてている。

目元中心の薄化粧。でも明るいチークの入れ方はなかなかうまい。髪もアップにしていて、おくれ毛のかかる項《うなじ》と白い鎖骨のラインがわずかな色気も感じさせる。

やればできるじゃんね、と心の中で褒めてやる。もしかしたらどこかのプロが施《ほどこ》したのかもしれないけれど。

襟《えり》のラインぎりぎりにある赤いのはキスマークかなぁとか勘ぐって見ちゃうのは、普段と違う彼女の雰囲気のせいだろうか。

少しばかり興奮したような彼女を、いつも以上に甘い目線で見つめる透。四角いテーブルの向こう側で彼らが並んで座っているということは、私と今宮も並んで座っているということだ。

「牧野さん、いつも以上に素敵ですー。ほんっとうに美人さんです！　私ドキドキしちゃいます」

「あなたも馬子《まご》にも衣装で似合っているわよ」

「透さんが選んでくれたんですー」

私の嫌味、スルーしやがった。

「それに今宮さんもかっこいいです、素敵です。お二人並んでいると美男美女のお似合いのカップルみたいですね」

無邪気という邪気を感じるのは、私がひねくれているから!? 本当にそう?

私は口元だけ笑みを浮かべて、目で透を睨《にら》んだ。

咲希ちゃんごめんね、と目で訴えているからには、これはおそらくテンネン娘の謀略《ぼうりゃく》なのだろう。

今宮は「ありがとう」と言ったあと、ワインリストに視線を落とす。傍に立つソムリエに、今日の料理には合うのか、ビンテージが若すぎないか、など色々聞いている。

ジャケットにシャツにネクタイという仕事のときと変わらない組み合わせなのに、フォーマル感がよく出ているあたり、センスはいい。透はもともと板についているから違和感ないけど、この男も見た目通り、やっぱり場数を踏んでいるんだなと感心する。

私の彼氏なんか、こんなところ連れてきたってワインリストも読めないよ。テーブルマナーだって微妙だよ。

私はと言えば、一般庶民だけど、透と一緒にいたからこういう場にも馴れている。だって、透はおぼっちゃんだからねー。それを知ったのは、就職が決まってからだった。けれど、ああ、やっぱりという感じで驚きもなかった。ちなみにこのことは会社には知られていない。もし知られていたら、透の周囲はもっと騒がしかっただろう。

「牧野、このあたり選ぼうと思うがいいか?」

今日は透の奢《おご》りなので、ワインも好きなものを選ばせてもらっている。個人的にはボルドーが好きなんだけど、今夜は飲み慣れていないだろうテンネンちゃんもいるので、今宮が提案してきたブルゴーニュがちょうどいいだろう。

というか——

なんでこいつまでいるんだろうねえ。

テンネンちゃんはどうして呼んだんだろうねえ。

この子、私に彼氏いるって知っているよねえ？

色々ぐるぐる考えながら、ワインリストに目を通す。今宮とちょっと距離が近くてどきっとするけど、平静を装って口を開く。

「ええ、いいわよ」

もう一万ぐらい高いやつにしようかと思ったけどやめた。

ウェイティングバーで会ったとき、「なんでここにいるの？」とつい今宮に言ってしまった。今宮は私が来ることを知っていたんだろう、「透と夏井さんに誘われたからだ」とすんなり答えた。

でもたぶんそれは嘘だ。

透じゃなくて、誘ったのはこの夏井莉緒だから。

だって、私たちを見る目の中にお星さまがきらきら輝いている。

「今宮さんと牧野さんのツーショットって素敵です!!　写メ撮りたいぐらいです!!」

「莉緒、それはやめようね。咲希ちゃん、写真嫌いだからさ」

空気読めこの女、と怒鳴りたいのを抑えた私を褒めてほしい。

「夏井さん。私、恋人いるんだけど知らなかった？」

「知っていますよー。っていうか、牧野さんに恋人がいないわけないじゃないですか！　でも私は、二人が仲良くしてくれたらなって思います。透さんにとって今宮さんも牧野さんも大事な人だから」

爆弾落としたよ、この子。

後半しっとりと言われて、何も考えていなさそうなのに、実は色々考えているんだと思って、びっくりする。というより、私と今宮が仲良くないことわかっていたんだ、この子。

でもだからって、そうだねとは言えない。

「私にとっても、透は大事だよ。でも、ごめん。夏井さんや今宮くんのことはそれほどでもないから」

「咲希ちゃん……」

透が困ったように呟く。だって言わないとわかんないじゃん、この子。傷ついた顔してもダメ。

「わかっています。でも、牧野さんにどんなに嫌われても、私は牧野さんが好きです」

本当にツワモノだなあ、この子。だから嫌なのよ。この場合悪者になるのは、どうしたって私になるし。

「うん、それはあなたの自由だから否定はしない。でも今宮くんと仲良くしてほしいという願いは悪いけど叶えられないわ」

「オレは牧野と仲良くしたいけどね」

「そんな胡散臭《うさんくさ》い笑顔で言ってもダメ。今宮くん、私のこと嫌いって思ってるじゃない。そういうオーラばんばん感じる」

いつもならここまで応戦しないけれど、ここが個室だということと予想外の彼の出現とにちょっと苛立っているから、許してほしい。

だって私、透とテンネンちゃんと三人で食事だって思って。

だから色々考えて。

なのに狂わされちゃって。

ものすごく意地悪な嫌な女になっている。

透の前なのに。

「あの、私。ごめんなさい。そういうつもりじゃなかったんですけど」

「莉緒、大丈夫だよ。この二人のやりとりは、いつものことだから気にしなくていい」

「そうよ！　今から美味しいもの食べるんだから、めそめそしない！」

個室の扉が開いて料理が運ばれてくる。それをきっかけに私は気持ちを入れ替えた。

テンネンちゃんはすこーし、微妙だったけどね。

「結婚しようと思うんだ。色々心配かけたから、二人には一番に伝えたかった」

目の前には黄色いマカロンとトリュフ、クッキーが載ったお皿。私の手にはハーブティー。

うん、こんなお店を指定された時点で、ただのブラウス貸したお返しじゃないことぐらい予想はしていたけどね。予想外だったのは今宮がいたことだけど、そんな報告ならば呼んだ理由がわからないでもない。

「おめでとう、透」

「よかったな、夏井さん」

私が透だけにお祝いを述べたのに気がついたのか、フォローのように今宮が付け加えた。どうせ、どきどきわくわく状態のテンネンちゃんには、私の嫌味なんかわかっていないだろう。

「ありがとう。咲希ちゃん、朝陽」

「ありがとうございます」

大好きで大事で、ずっと傍にいた男友達。

私にとっての桜井透は言葉にするなら、そんな存在なのかもしれないけれど……それだけでは表せない感情が私の中に波のように湧き起こる。

初めて顔を合わせた高校の教室。

志望大学の見学説明会で一緒になって以来、毎日のように放課後勉強していた学校の図書館。

二人で見た合格発表。

大学の四年間を共に過ごして、サークルもゼミも同じだった。

初めてにも近い恋と苦い失恋。二人で泣いて苦しんだ夜。

泣きそうなのをごまかしたくて、ハーブティーを飲み干す。

「おめでとう」とは言えても、心からの笑顔まで付け加えることはできなかった。透とテンネンちゃんが一緒にいる時間が長くなればなるほど、私は心のどこかでいろんな覚悟をしてきたはずだった。

これまでも透の傍に女がいなかったわけじゃない。けれど、テンネンちゃんと一緒にいる透は、私でさえ知らない顔を時折垣間見《かいまみ》せていたから。

いつか、こんな日が来るって。

そうして、長くも短くも感じるデザートタイムが終わる頃。

「莉緒……朝陽と一緒に先に出てくれる？」

柔らかな優しい声が聞こえて、レストランの個室に私は透とともに残された。

「泣かないでよ、咲希ちゃん」

「泣いてないわよ。おめでたいのに泣く必要ないし」

いつの間にか椅子から立ち上がった透が、座ったままの私をそっと抱き寄せた。泣いてなんかいないはずなのに、言葉にされたせいで、白くてハリのあるテーブルクロスが滲《にじ》んでぼやける。

こらこら、彼女（いや、もう婚約者かな？）以外の女に触っちゃダメでしょう？

「咲希ちゃんに泣かれると、僕はどうしていいかわからなくなる」

「放っておけばいいのよ。透はあの子だけを慰《なぐさ》めればいいんだから」

ふんわりといつもと同じ透の香りが鼻腔《びこう》をつく。優しく包むような腕からは温《ぬく》もりが伝わってきた。私の世界にいつもいて、それを守ってくれた人。この腕を離さなきゃと思うのに、私は透の腕に手を伸ばしてしまう。

「こんなことしていたらあの子、嫉妬《しっと》するか不安がるよ。もう私とは会わないでとか言われるかも」

彼女なら当然気になる、恋人の女友達なんて。

それが理由で、透は昔、恋人との関係がぎくしゃくしたこともあった。結婚するなら、もうそういう関係は許されないだろう。

私にとって夏井莉緒は、私から透を奪う嫌な女。

でも透にとっては一番大事な女。

「莉緒は言わないよ。僕が咲希ちゃんと二人でいても、あの子は何も言わない」

知っている。

あの子は一度も私たちの関係を疑わなかった。嫉妬《しっと》さえしなかった。それが本心なのか疑って、私はわざと透の傍にいたこともあったけど、彼女は私たちの関係をありのまま認めた。その強さが憎らしくてうらやましくて。

だから透は彼女を選んだのだろう。

「結婚しても咲希ちゃんと僕の関係は変わらない。僕は君の友達で、一番の味方で居続ける。それはずっと僕たちの間にある約束だ」

私たちは深く傷ついた。互いを傷つけあってしまった。

だからもう二度と透をそんな目に遭わせたくない。

「透……幸せになってね」

「うん」

「私も、幸せになるからね」

「うん、咲希ちゃんは幸せになれるよ」

一瞬のためらいののちに、抱きしめる腕にぎゅうっと力が入った。私はとっさに立ち上がって同じように透を抱きしめる。あまり触れ合うことのなかった私たちは、これが最初で最後みたいに互いに腕をまわす。

透、透、透。

恋人でもないのに私たちは抱き合う。それは血の繋がった者同士が交わし合う抱擁《ほうよう》に似ているのにどこか違って、この腕の強さを、胸の広さを、匂いを忘れないでおこうと思う。込みあげてくる涙を逃がして、私は吐息とともに言葉を吐き出した。

「透。私と夏井さん、どっちが大事？」

透は腕をゆるめると私の顔を覗《のぞ》きこむ。そして幸せそうな笑顔ではっきりと言った。

「莉緒が一番大事だ」

うん正解だよ、透。

すかさず答えを出すことができる相手を、あなたは見つけたんだね。

＊　＊　＊

「おめでとう、透」

そう言った牧野の横顔は今までに見たこともないほど儚《はかな》げで、微笑んでいるのか泣きそうなのかよくわからない表情をしていた。

いつかは結婚をするんだろうと、最近の透たちを見ていて想像はついていた。だから、そのときは牧野もちょっとは悔しそうにするかもなと思っていた。

実家に帰るという夏井さんと、酔ってふわふわと危なそうな牧野をタクシーに乗せたあと、オレと透は二人でバーに入った。牧野は一人で大丈夫なんだろうかと心配したけれど、「一人で帰りたい」と頑《かたく》なに突っぱねられれば、何もできない。

グラスをゆらりと傾《かたむ》ける透を横目で見る。黒いカウンターが淡い光を反射して影を作る透の顔は、珍しく読めない表情を浮かべていた。結婚が決まってはしゃぐでもなく、いつもの優しい穏やかさもなく、どこか覚悟を決めた落ち着きが滲《にじ》んでいる。

グラスの中の氷がからりと音をたてて溶けた頃、透が切り出した。

「莉緒は……僕が守るよ。朝陽に誓ってやろう。だから朝陽には咲希ちゃんを守るチャンスをあげる」

「……なんだ、それ」

ふざけているのかと思えば、グラスをカウンターに置いた透は真剣な目でオレを見ていた。いつもは穏やかなくせに、こういうとき本性を現してくる。

優しげな仮面を脱いだ腹黒王子。

夏井さんを手に入れたから、牧野はもういらないってことか？　そんなことをオレに言われてもどうしようもない。牧野は初対面のときからなぜかオレを嫌っているし、オレも彼女に特別な感情はない。だから思ったままに、そう言ってやる。

「ふーん。朝陽、気づいてないんだね。咲希ちゃんはかわいいよ。スタイルもいいし仕事もできるし、気はちょっと強いけど面倒見はいい。ああ見えて意外に家庭的でさ、あまり他人には作らないけど料理も得意だし、たぶんお嫁さんにするにはああいう子が一番いい」

透の言葉にオレはわけがわからなくなる。おまえはさっき夏井さんと結婚宣言したばかりだ。そりゃあ牧野のことを特別に思っているのは知っているけれど、そこまで褒めるなら夏井さんじゃなくて牧野を選べばよかったんじゃないか？　不快なものが腹の中からせりあがってくる。

それを抑えこむべく、オレはグラスの中身をぐいっと呷《あお》った。

始終にこやかだった夏井さんとは対照的に、牧野は気分のムラが激しかった。「オトモダチ」をどんなに強調していたって、牧野が透に特別な感情を抱いていたのは今夜の様子で立証された。たぶん。

そして、こいつもそれはわかっているはずだ。

「僕はね、朝陽。大事なものはずっと手元に置いておきたいタイプだ。どんな手段を使ってもね。そうして咲希ちゃんを縛ってきた。大学は偶然だったけど、同じサークルやゼミを選んで傍にいたし、就職先を一緒にしようと誘ったのも僕だ。結婚しても傍にいる。咲希ちゃんにはそう言い聞かせている」

「さっそく、浮気宣言か？」

「違う。愛しているのは莉緒だ。たとえ、莉緒と出会わなかったとしても僕は咲希ちゃんとは結婚しない。だから咲希ちゃんにどんなに好きだって言われても拒んできたし、これからもそうする。

たとえば、僕は莉緒を失ってもまた別の誰かを愛するだろう。結婚もするかもしれない。でもね、咲希ちゃんを失ったら誰もその代わりにはなれない。僕は一生、咲希ちゃんを失いたくない。だから絶対に恋人や伴侶《はんりょ》の位置には置かない。ずっと傍にいることができる友達の位置に置き続けるんだ」

淡々とそう言い続ける透に、オレははじめて恐怖を覚えた。腕にざわりとまとわりつく震え。こいつは、夏井さんの代わりはいても、牧野の代わりはいないと宣言しているのだ。

「……それで、オレになんでそんな話をする？」

「さすが朝陽だね。僕が見込んだ通りだ。こんな話を聞かされたら、普通はふざけるなとか最低だとか罵声《ばせい》を浴びせるだろうけど、君はそうはしない」

「残念ながらオレは、おまえと牧野の関係をずっと見てきたからな」

——大事な友達だから、遊び相手としては手を出さないでね。

社員研修で知り合ったときから、こいつは感情を読ませない口調で、牧野に興味を抱いた男たちに釘をさしていた。変な男が近づかないように、それも牧野本人には気づかれないように予防線を張る。「咲希ちゃん」と名前で呼んで、自分にとって特別だと周りにアピールする。

牧野が透にすり寄っていると見ていた連中が多かったようだけれど、透と一緒にいることが多いオレからすれば、むしろ透の方が牧野に固執《こしつ》しているように見えた。

そう、二人の関係は互いへの想いで成り立っていた。牧野は透を男として好きだし、透はそれを超えて牧野に執着《しゅうちゃく》している。だからいずれ二人は、友達の一線を越えるのではないかと思っていた。

「おまえが牧野を好きだって言っても違和感はない。むしろ他の男のものに平気でできることが不思議だったよ」

そう、そこまでの想いを牧野に抱きながら、たぶんこの男はそういう意味では指一本彼女に触れていないはずだ。たとえ隠された欲望があったとしても。

透は髪に指を通すと、そのまま肘《ひじ》をついた。珍しくだらしない仕草で自嘲《じちょう》するように口を歪《ゆが》める。

結婚すると伝えた席で、透が牧野と二人きりにしてほしいと頼んできたときから、こいつからは幸せなオーラとは違うものが漂《ただよ》っていた。

「平気じゃなかったよ。でも、それは咲希ちゃんも同じだ。僕たちは互いに想い合いながらも傷つけ合っている。それでも僕は彼女を手放せなかったし、彼女も逃げなかった。もし咲希ちゃんが抱いてなんて言ってきたら、キスもセックスもするけど恋人にはしない最悪な関係になっていただろうね。咲希ちゃんの気持ちを絶対に受け入れないこと。カラダには触れないこと。それが僕が自分に課《か》した枷《かせ》だ」

言わなかった牧野がえらかったのか、言わせなかった透がすごかったのか。

この二人の関係も、牧野にこれだけの感情を抱きながら夏井さんを選んだ透の気持ちもオレにはよくわからない。

ただ、夏井さんはそれをどこかでわかっているのかもしれないと思った。彼女はこの話を聞いても傷ついたりはしないのだろう。おそらく、だったら私は長生きしてずっと透さんと一緒にいますよ、ぐらいは言いそうだ。だから透は彼女を選んだ。

「僕はね、朝陽が咲希ちゃんを守ってくれたらって、そう思っている。ずっと咲希ちゃんにふさわしい相手を探してきた。一番ふさわしいのは君だ。だから僕は君が咲希ちゃんに近づくことも、莉緒に近づくことも許した。君なら咲希ちゃんを任せられる」

「…………」

すぐには言葉が出てこない。こいつは牧野の相手まで探していたのか？　自分が夏井さんを選んだとき、一人になる牧野のことを考えて？

「嫌いじゃないでしょう？　咲希ちゃんのこと」

「……嫌うほどの感情はないが。というか、牧野の方がオレを嫌っているだろう？　そりゃあ、無理だ」

そう、牧野がオレを嫌っているのは自分でもわかる。あいつも隠していないし。

「咲希ちゃんが嫌いなのは朝陽じゃなくて、朝陽に付随《ふずい》する面倒くささだよ。自分を嫌っている相手を自分のものにするぐらい、君なら簡単にやれるはずだろう？　咲希ちゃんはああ見えてものすごく初心《うぶ》だし、男慣れしてないからね。落としがいあるよ」

おまえ、本当に牧野のこと大事に思っているのか？　なんだかよくわからなくなってきた。

「まあ、いいや。どうしても気が乗らないなら無理強《じ》いはしない。咲希ちゃんのことを心から大事にしてもらえないと意味ないし、君が無理なら別の男を選ぶしね。咲希ちゃんは強引にいけば、たぶん情にほだされるタイプだから難しくはない」

「だったら、なんでオレに関係ないことまでべらべら話すんだ」

透は言いたいことを言って開き直りでもしたのか、わずかに残っていたグラスの中身を飲み干す。空《から》になったそれがきらりと光を反射した。

「君だったら、僕と咲希ちゃんのこともわかっているし、莉緒のことも知っているし、差し障りないかなと思っただけだよ。僕がどれだけ咲希ちゃんを大事にしているかわかっているなら、一生僕の傍に縛りつけるのに協力を仰《あお》げるかなと思ったんだけど。関心ないなら今後一切、咲希ちゃんには近づかないでね」

言いたかったのは結局そこかよ、と少しだけ浮上した様子の透にオレは肩をすくめた。オレにチャンスをやると言いながら、関心がないなら近づくな、そんな矛盾をこいつは要求する。

牧野咲希。

透が大事にしている女。どんな手段を用《もち》いても一生縛りつけたい女。

それほどの魅力があいつのどこにあるのか。

だいたい、牧野には付き合っている彼氏がいるじゃないか、と思い出したのは、透と別れたあとだった。

＊＊＊

「私と牧野さん、どっちが大事なの!?」

昔、そう聞かれた透は「どっちかなんて選べない」と答えた。女友達と恋人では比べる次元が違うから、というのが彼の言い分だった。まあ、恋人からしてみれば、おもしろくないどころか不愉快な答えだ。

ちなみに私も昔の彼氏に聞かれたことがあって、やっぱり答えられなかったから、それ以降、恋人ができても透の存在は極力隠すようにした。

だって透は王子だよ。

顔はいいしスタイルもいいし頭もいいし、ついでに人当たりもいい。たぶん透みたいなのはタイプじゃないっていう女だって、透に優しくされたり特別扱いされたりしたら、ころっとなるだろう。そんないい男と友達なのだから、彼氏が妬《や》かないわけがない。妬《や》くだけならまだしも、疑われて行動を制限されたりしたら面倒だ。

なので、今私がお付き合いしている彼も透の存在は知らない。

合コンで知り合った彼は、体格がよくてクマさんみたいで、イケメンとはいえないけど憎めない感じの人だった。

好きになったのは彼の方が先で、彼は、綺麗でかわいい牧野さんがオレを相手にしてくれるわけがない、とか遠慮がちではあったけれど交際を申し込んできた。

イケメンには懲《こ》りていたので、私が男を選ぶ基準に顔はない。だってイイ男にはもれなく面倒な女がつきものだし、自分に自信があると態度がでかくて性根が腐っているのも多いし、要求も多そうだから嫌なのだ。

それに、透というハイスペックな男が傍にいるので、どうしても似たタイプは比較してしまう。

そう、比べてしまう。

誰と付き合っても、一緒にいても、無意識にでも。

それでも私だって幸せになりたかった。

「咲希ちゃんは幸せになれるよ」――透がそう言う通りに。

なのに、なんでこうなった!!

「地味な人なんだ。咲希みたいに綺麗じゃないし、おしゃれでもない。要領も悪くて失敗ばかりだけど、一生懸命頑張る人なんだ。オレには咲希がいるからって思った。かわいくてスタイルもよくて、オレにはもったいないくらいの彼女が。そう思ったけど……。きっと咲希にはオレよりもっといい男が現れると思う。でも彼女は、オレじゃないとだめなんだ」

金曜日の夜のレストランで食事をしているとき、彼は同じ職場の人に告白されたと言ってきた。彼女のことは聞いたことがある。すごく家庭的な子なんだけどね、ちょっと控《ひか》えめすぎてもったいないんだよね――そんなふうに彼は零《こぼ》していた。私がテンネンちゃんのことでつい愚痴《ぐち》ってしまったときだろうか。

男ってどうしてそういうタイプに惹かれるんだろう? いい子だと思うよ。自分の美貌や出来を鼻にかけて人を見下すような女たちに比べれば。

咲希ちゃんかわいいね。いつも爪の先まで綺麗にしているね。スタイルもいいしモテるんだろうな。――そう言われるように、私は好きな男に一番いい自分を見せたくて努力している。なのに、どうして自分はだめだと思い込んで、おしゃれさえしようとしない女に負けないといけないんだろう。

透は、垢抜《あかぬ》けないテンネンちゃんの素朴さや素直さに惹かれた。

彼は、地味で頼りないけど一生懸命な女性に惹かれた。

男は——

かわいくて綺麗でスタイルもよくておしゃれで、微妙に家庭的で明るくて社交性のある誰からも好かれる女が、好きなんじゃないの⁉

透をテンネンちゃんに奪われ、恋人を地味な女性に奪われる。

私は何かが足りないんだろうか。これ以上何を努力すれば、私は幸せを手に入れられるの？

流行をチェックしてその中でも自分に似合うものを選ぶ。髪も肌も爪も手入れして、時間とお金を費やした。仕事だって手抜きせずに一生懸命やってきた。しっかりしすぎるのもかわいくないから、たまには弱いところも演出して、甘える振りをして男を喜ばせることだってできる。

でも私の大事なものを奪っていくのは、いつも私とは真逆の女ばかり。

翌週、さすがに落ち込んだ私はコンタクトをはめる気力も着飾る元気もなく、自分のスタンスを捨てて会社に向かった。

腫《は》れぼったい目は黒いふちの眼鏡で覆《おお》い、髪は巻きもせずひとつにまとめて黒いゴムで結んだだけ。化粧もファンデと眉毛と口紅だけ。スーツだけはラインが綺麗なものを選んだけど。

周囲はいつもと違いすぎる私の格好にビビっていたけれど、仕事だけは普段通りにこなしていたので誰も事情を聞いてきたりしなかった。

愚痴《ぐち》りたい。

愚痴《ぐち》りたい。

こんなとき透がいれば散々愚痴《ぐち》って慰《なぐさ》めてもらうのに、あいにく南の方へ出張中だ。

くそう。

「おまえ、牧野?」

誰も声をかけなかった私を呼んだ男に、この際誰でもいいやと狙いを定める。私はいつもなら努力してでも避ける相手に絡むことにした。

「……なにか、あったのか?」

「あんたの奢《おご》りでお酒飲みたい」

そうして、私は終業時間間際の生贄《いけにえ》を捕まえた。


脅迫のような私の誘いによくこいつが乗ったものだと思うけれど、周囲の早々に引き取ってほしいという気配を感じたのか、今宮はおしゃれなダイニングバーに連れてきてくれた。本当に嫌味なくらい、いい男はいい店を知っている。元カレだったら絶対選ばない店。

「透は出張中か……」

「うん、いざとなったら支払いは透に回してね」

カウンターではなく、背もたれの高いソファで個室っぽくなっているブースで私はワインを飲んでいた。ちなみに手酌《てじゃく》している。

ガラスのテーブルの上には、牛肉の煮込みと、レタスやハーブで彩《いろど》ったハムとサラミの盛り合わせ、軽くトーストしたパンにリゾットがある。今宮は私のためにそれらを取り皿に少しずつ載せていく。意外にまめだ。

「飲んでばっかりいないで、少しは食べろ」

「いいの、食欲ないから」

食欲なんかない。朝も昼も食べられない。胸いっぱいって感じだ。油断すると泣きたくなるから、そのたびにグラスを呷《あお》る。美味しく飲めないのが申し訳ないぐらい美味しいワインだ。

「明日も仕事だぞ」

「知っていますー」

だって今日は月曜日だもん。けれどこの店には意外に人が来ていた。実際、さっきから隣の女たちの高い声がうるさい。トイレがひとつしかないのか、代わる代わる席を立っては、ちらりとこっちを見てトイレに行く。

何を見て何を思っているのかよくわかる。だってトイレから戻るときに、あからさまに私に不敵な笑みを投げるから。

平日にお休みのある職種で、そこそこ綺麗でファッションセンスもいい自分に自信があるタイプの女の集団。それが今宮朝陽みたいな男を見逃すはずがない。

なんせ隣にいるのは、戦闘服を脱ぎ捨てたダサい女。私たちの関係を面白おかしく噂している様子が目に浮かぶ。「釣り合わないよねー」というひそひそ声が、ふわんふわん聞こえてくるような気がした。今もほら、ちらりと私を馬鹿にしたように見たあと、今宮に視線を定めたまま通り過ぎていく。

「わずらわしくないの？　女の視線」

「女の視線？」

「隣の席の子たち、あんたのこと値踏みしているけど」

「別に。いちいち気にしてない」

余裕の発言ですねー。いつも注目を浴びている男は、こんな視線なんか簡単に受け流せるのか。私もいつもなら放置だけど、今の自分の姿をわかっているだけにちょっと気になる。

今宮は小さくちぎったパンにバターを塗っている。そんなちまちました食べ方するなんて女みたいだな、と思っていると、彼はそれを強引に私の口に突っ込んだ。

それも指ごと!!　食欲ないって言ったのに!!

「何すんのよ！」

もごもごと、小さく叫ぶ。

「おまえ、ワイン好きだけど量は飲めないだろう？　この間だってうまいからって飲みすぎて、前後不覚になったのは、どこのどいつだ」

透の結婚宣言があった日のことを言っているんだろう。前後不覚になったのは、透と色々語り合って、泣いて酔いがまわったせいだもん。

「少しは胃に入れないと、酔いが早くまわるぞ」

「余計なお世話。酔っ払ったら放置して構わないわよ。ここの会計さえ済ませてもらえば、一人でなんとかしますー」

「おまえ……酔っ払った女を一人にできるか、馬鹿」

「大丈夫よ。いつもと違って地味な格好してるからブス度上がっているし。そうそう、隣の子たちも、私のことブスだって馬鹿にしていたしねえ」

私は美人なわけじゃない。元カレは恐縮していたけれど、私はごく普通の容姿だ。テンネンちゃんみたいに、すっぴんでも笑顔が破壊的にかわいく見える武器は持っていない。化粧をしてセンスのいい服を着て……と、武装することでちょっと小綺麗に見えるだけだ。

堂々と透の傍にいるために身につけた武器。

そのおかげでちやほやされて勘違いしたこともあったけれど、もう自分のことは理解している。武装を解けば「冴《さ》えないあの子」レベルに落ちていく。今の私は透の傍にはいられない。

「牧野はブスじゃないだろう」

「でも振られた。透だって選んではくれなかった。あんただって化粧ばっちりで香水の匂いがぷんぷんする爪の長い女より、薄化粧で控《ひか》えめで石鹸《せっけん》の香りがするようなナチュラルな子が好きなんでしょう?」

テンネンちゃんみたいな、ね。

私はワイングラスをぐいっと呷《あお》った。今宮がわずかに逡巡《しゅんじゅん》して、呆れたような目で私を見る。

「夏井さんなんてモロそのタイプ。女の嫌な部分捨て去っていますー、って感じのね。でも私は、彼女みたいにはなれない」

透の好みがそういうタイプだってわかっていたのに。でも、わかっていたからこそ余計に。

「私は好きだもん。こうやって爪に綺麗にネイル塗るのも、自分に合った香水つけるのもかわいい靴も、ブランドのバッグも好き。でも、誰もこんな私を選んではくれない。なんでだろう……？」

「……愚痴《ぐち》るなら透にしろ。オレは酒を飲ませてやるだけだ」

冷たく突き放すような言い方に私はハッとした。

本当だ、なんで私、今宮相手にこんな風に愚痴《ぐち》っているんだろう。

「そんなことないよ、咲希ちゃんは」って言ってほしかったの？　透みたいに。

失恋の痛みを今宮で解消するつもりはなかった。ただ飲みたくて、一人でいたくなくて。でもそこに慰《なぐさ》めてほしいという甘えた感情はなかっただろうか？

「でもおまえが望むなら慰《なぐさ》めてやる。オレのやり方で」

今宮の声が耳元で聞こえた。強引に引き離されたと思ったら逆に、引き寄せられた感じだ。今宮さんの声で囁《ささや》かれたらオチちゃいますよねえ、と誰かが言っていたのをふいに思い出した。

「見た目がどうだろうが、性格がどうだろうが関係ない。おまえはおまえで、オレはオレだ」

誰とも違う掌《てのひら》が頬に触れる。

「飲ませてやるよ、いくらでも」

吐息とともに耳の奥に届いて、今宮は自分のグラスのワインを口に含むと、顔を傾《かたむ》ける。ここは店の中で、カウンターに座る背中も見えて、トイレへ向かう人影もあって。

だから拒まなきゃいけなかったのに。

近づく今宮の睨《にら》むような目に逆らえなかった。触れ合う唇の隙間《すきま》から零《こぼ》れるワインを受け止める。ごくんと飲み込む自分の喉《のど》の音が聞こえて、今宮の滑《すべ》りこんだ舌まで受け入れて――

深く短いキスをした。


私は。

身もちは固い方だったと思う。だって、当然お付き合いしている男としかセックスはしなかったし、浮気だって経験ない。駆け引きできるほど器用な性格じゃない。

そして何より、イケメンは嫌いだ。

ワインは普段以上に飲みすぎた。今宮の注意を聞かなかったから、ほぼ空《から》っぽの胃袋にはアルコールしか入っていない。睡眠不足だし、食欲も体力も精神力も低下中。

だから、なんでこんなことになっているかわからない。イケメンの考えることは、ほんとうによくわからん。

でも、キスはうまい。気持ちいいよー。

気がつけばホテルにいた。

部屋に入った途端、今宮は私をベッドに押さえつけた。そんなに慌てなくても逃げようもない状態なのに、私の眼鏡を外して髪をほどいて唇を塞《ふさ》いでくる。

ワインの味しかしないキス。それが唾液によって薄められて、知らない味わいに変わっていく。

それぐらい長いキスが続く。

私、週末に恋人と別れたばっかりなんですけど！

あんたは嫌いなタイプなんだけど！

そのこと知っているはずだけど、あんたも！

私だってわかっているけど！

なのにどうしてキスを拒めないー。

このままヤられるのは確実だ。それはそれでものすごく恥ずかしいし、ものすごくまずいと思う。だってこいつは透の友達だ。親友といっても過言じゃないくらいの信頼関係を築いている。私とは違う意味で。

ジャケットのボタンに手をかけられ、ストッキングも脱がされる。っていうか手際よすぎるよ、こいつ。

「ま、って」

キスが続くせいで声が出せない。唇の周囲はたぶん唾液で濡れまくっている。口紅なんかとうに剥《は》げているだろう。

「いま、宮くん！　待って」

私の短く強い叫びに彼は手を止めた。私は慌てて飛び起きて座り、はあはあと肩で息をする。今宮はやるせなさそうに前髪を上げて、向かいに腰をどかっと下ろした。

「いい眺めだ」

ん？　夜景でも見えるのか、と思えば、奴は私を見下ろしている。艶《つや》のある視線にドキッとする。

彼の視線を辿《たど》っていくと、自分がどんなにあられもない姿をしているか気づかされた。

ブラウスの胸元から見える薄いピンク色の下着。太ももまでまくりあがったスカート。隠そうとしたけれど、すぐに今宮に押さえられた。そしてあろうことか、肩からブラウスを下ろして奪い去る。

「やっ、返してよ！」

「噂通りスタイルはいいんだな、牧野」

どんな噂でしょう？　そりゃあ胸はそれなりにあるとは思うよ、大きすぎず小さすぎずで形もいいし。ウエストのくびれのラインとか、お風呂に入るとき自分でも確かめているし。特に足はちょっと自信があるんだよね。あんまりミニは穿《は》かないけど！

って、頭の中で自画自賛している間に、再び今宮に押し倒された。いつのまにブラのホック外された？　スカートのファスナー下ろされた？　なんで、今宮の服は乱れていないのに私だけ脱がされまくっているの⁉

今宮は私の両手を封じると、こちらを見下ろす。その目が上から下へゆっくり下りていく。不快ではないけれど、ものすごく恥ずかしい。顔が火照《ほて》ってきているのは、決して酔っているせいだけじゃない。頭も体もふわふわしているけれど、自分が非常にまずい状態にあることはわかっていた。

「マジでいいカラダしている」

「見ないでよ！」

「オレは見たい。牧野のカラダ。透だって知らないんだろう？」

当たり前だー‼

なんでここで透の名前が出てくるのか、わからない。

ただ、自分を見下ろす今宮の視線を避けたくて顔を横に向けた。ベッドの下には私のジャケットやブラウスが散乱中。カーテンも引いてないし、ライトも消していないので室内はとっても明るい。

これはいわゆる視姦《しかん》というやつですか？　スタイルがいいと褒められても、会社の同僚の前で、はだかんぼうはつらい。

「なんで、こんなことするの？」

「おまえがオレに隙《すき》を見せる機会なんてないからな。機会はちゃんと利用させてもらうよ」

なんの機会？　羞恥《しゅうち》プレイで辱《はずかし》めて今までの恨《うら》みでも晴らしたいの？

「だから遠慮なく抱かせてもらう」

遠慮しろー。

私の叫びは届かない。

同意のないセックスは強姦《ごうかん》だ、レイプだ。なのに強気に出られないのは、私が酔っているから？　こいつの愛撫がうまいから？　いい男ならセックスできるだけでもいいって女もいるけど。

確かに気持ちいいけれど、気持ちがついていかない。

今宮は胸全体をやわらかく触りながら、同時に頂《いただき》にも刺激を加える。指で挟んで小刻みに動かして、口の中に舌を入れこんできた。深く激しいキス。酔っているせいもあって、私の体は敏感だ。

キスがやむと勝手に高い声が響く。私、普段はこんなに声は出ないタイプなのに、さっきからものすごくいやらしく喘《あえ》いでいる。

腕はすでに解放されているけれど、押しのける力は湧かない。いつの間にか今宮は服を脱いでいて、素肌で私の肩に触れていた。

「……っやあっ」

熱い舌が胸の先を食《は》む。唾液を塗りたくるような激しい舌遣いに、私の胸は反応する。足の間はすでに濡れていて、暴《あば》かれればすぐに知られてしまうだろう。

なんで私、こんなに感じやすくなっているの？

どうして素直に声が出るの？

わかんない。

わかんない。

わかんない。

「やあんんっ」

指を中に入れられて、私は声を大きく上げた。淫《みだ》らな水音が響いて、濡れていることを如実《にょじつ》に伝えてくる。

「やっだ、いま、宮!!」

「おまえタチ悪い、マジで」

「嫌なら触らないで！」

「嫌だなんて言っていない」

こいつの言葉は難しくてわからない。ただ指を増やされて、勝手に中を探られる。動きは激しいのに痛みがないのは、十分に潤《うるお》っているせいだ。ささいな刺激では物足りない。今宮の指は私の体の中を自由自在に動いて、私を声を上げるだけの人形にしてしまった。

「オレは一度も、おまえのことを嫌いだと言ったことはない」

そう耳元で囁《ささや》くと、私の弱い場所をここぞとばかりに突いてきた。さらに、声を塞《ふさ》ぐみたいに唇を押しつける。大きな波がやってきて、私はびくびく震えながらイって意識を手放した。

テンネンちゃんなんて嫌い。

でも透が大事にしていた子だったから、私もいつの間にか目で追っていた。そうすると見えるものがある。

テンネンちゃんを見つめる、今宮朝陽の目。その眼差しには心配そうな色が浮かぶ。

テンネンちゃんがよろめくだけで手を伸ばし、低い声で庇《かば》う。

透と同じように彼女を見つめる今宮にとって、私は許せない存在だろうなと思った。

イケメンは嫌い。

同じくらい今宮も私のことを嫌いだろう。

だって私は、透や今宮が好きなテンネンちゃんとは遠い場所にいるから。

イケメンも。

テンネンちゃんも。

嫌いだ。

＊＊＊

透にけしかけられてから、牧野咲希を見るオレの目はどこか変わった。

強気な表情がふいにゆるむ瞬間や、時折見せる不安げな目。きつい口調で後輩に注意しながら、その背中を心配そうに追う視線や、はにかんだ笑顔。

そして透と別れるときにだけ浮かぶ切ない表情。

器用そうに見えて不器用な女なのだと気づいたのはいつからか。

今日の牧野はそれらが顕著《けんちょ》に表れていた。男と別れて自棄《ヤケ》になっていたのもあるけれど、普段の彼女なら、そんな格好悪い自分の姿は晒《さら》さないだろう。

取り繕《つくろ》うエネルギーさえ出ないほど、相手の男を好きだったのか。

こういう隙《すき》だらけの彼女は珍しかったから、ちょっと興味をひかれただけのはずが……この間急な仕事を頼んだこともあったたし、酒を飲ませるぐらいはいいか、と単純に考えたつもりのはずが。

興味と好奇心とわけのわからない腹立たしさで、唇を塞《ふさ》いだだけのはずが。

「…………」

ベッドの上で意識を飛ばした牧野の体の上にとりあえずシーツをかけて、くすぶっていた欲をなんとか抑えつけた。

勢いや欲を満たすためだけの経験がなかったわけじゃない。適当に遊んだこともあったけれど、きちんと相手は選んでいた。

牧野咲希は気軽に手を出していい女じゃない。腹黒王子が背後に控《ひか》えているし、こいつは見た目は派手に見えるけれど、平気で遊べるタイプではないだろう。

わかっていたのに止められなかった。最後までヤっていないとはいえ、それが免罪符《めんざいふ》になるのかどうかもわからない。

床には余裕のなさを表すかのように彼女の服が散乱していて、その中にオレのネクタイやシャツも交ざっている。とりあえずシャツを羽織って、目に毒なものたちをソファにまとめて置いた。部屋の明かりを消して、スタンドライトだけを灯《とも》す。

ベッドには自分の手によって乱れた、普段とは違いすぎる彼女の姿。髪は乱れて頬にはりつき、赤く染まった頬とわずかに開いた唇がオレを誘っているように見えた。初めて触れた唇はやわらかく、舌は楽に掴まえることができた。睡眠不足で食欲不振、さらにアルコールで酔った牧野は簡単にオレの手に落ちたのだ。

「おまえの思惑に乗るかよ」

そんな台詞《セリフ》が空虚に思えるくらい、自分がまずい道に足を踏み入れた自覚がある。キスを仕掛けたことに深い意味はなかったのに、唇を離したときの牧野の驚いた表情が無防備すぎて、もっと暴《あば》きたい欲求が抑えられなくなった。

透はこんな牧野はたぶん知らない。

そう思った瞬間、内側から熱が込みあげてくる。オレは歩み寄って、頬にまとわりついていた牧野の髪をそっとはらう。閉じられた目から小さな滴《しずく》がきらめいた気がして、オレは唇を寄せた。

オレはたぶん見たいのだ。

透が知らない牧野を。

カラダに触れて、あいつの聞けない声を聞いて、オレの手で乱す。それはどれほど甘美だろうか。

「ヒトバンダケノアヤマチ」で終わればいい。衝動も欲望も今夜だけで終わればいい。

そんな儚《はかな》い願いを抱きながらも、オレは自分が腹黒王子の掌《てのひら》の上で転がされている気がした。

＊　＊　＊

ぴくりと指先が動く。全身がだるく、ぬるま湯に浸《つ》かっているような心地がする。目を開ければ室内の明かりは落とされていて、部屋の隅のスタンドライトだけがうっすらと辺りを照らしていた。タブレットでも操作しているのか、ソファに座った広い背中から青白い光が漏れてくる。

ここ、どこ？

今、何時？

こいつは……誰？

ハッと気がついて体を起こす。うわっ、髪の毛ものすごく爆発している気がする。口の周りもよだれをたらして寝ていたみたいにガサガサしているよ。

「起きたか？」

「い、まみや」

「ここはホテル、時間は午前四時。今起きれば、家に戻って会社に行けるぞ」

ソファに座ったまま、今宮は顔だけを私に向ける。その目がすっと細められ、私はある事実に気づいた。

げ、私すっぽんぽんだ。

「最後までやってほしいなら、今からでも応じてやるが」

「………………」

ボタンはいくつか外してあるけど、今宮はすでにきちんとシャツとズボンを身に着けている。私の服は綺麗にたたまれて、向かいのソファに置かれていた。慌ててシーツで体を隠して、記憶を辿《たど》る。

「……最後までやってない？」

「意識のない女とやるほど飢《う》えてない。おまえは酔っていたし睡眠不足だったんだろう？　イかせてやったらあっけなく眠った」

「………………」

まるで私を寝かせるために色々やってやったみたいな言い方したよね、今。

「さっさとシャワー浴びてこいよ。まじでヤるぞ」

ぽんと投げ渡されたタオルで体を覆《おお》うと、私は洋服を抱えてバスルームに逃げ込んだ。

何がなんだかよくわからない。でも、飲んだワインがいいせいか、頭痛も二日酔いらしき倦怠感《けんたいかん》もない。短時間でも深く寝たおかげで、頭がすっきりしている。髪の毛はすごくぼさぼさだけど。

シャワーを浴びて自分の体を確かめる。行為のアトはやっぱりない。今宮がこの場にいなければ昨夜のことは夢だったのかと思えるほどだ。残念ながら夢じゃないけどね。

だって私は、今宮朝陽にされたことを覚えている。

聞いていいですか？

最後までやらなかったら、セックスしたことにはならない？

セーフ、なのかな？


ホテルの一件から数日後、透が出張から帰ってきた。一番に会いにいくのはテンネンちゃんだろうけれど、私にも会いにきてくれるかな？　話したいことがたくさんあるよ、聞いてほしいこともたくさんあるよ。

言えないことも……あるけどね。

透は戻ってきた日の夜に、私と会う時間を作ってくれた。金曜日だし仕事で疲れているはずなのに、本当にありがたい。いい友達を持ったと思う。透に会えない間は女友達に愚痴《ぐち》って、だいぶ落ち着きは取り戻したけれど、やっぱり透に一番に聞いてもらいたかった。テンネンちゃんが一緒でもいいから。

「ごめんね。咲希ちゃんが一番つらいときに傍にいられなくて」

「仕事だもん、仕方ないよ」

「つらかったね、咲希ちゃん」

自分の何が悪かったのか、何が足りなかったのかは、散々他の人に愚痴《ぐち》ってきたのでもういい。女友達からは、咲希を振ったこと後悔させてやりなよ！　と言ってもらえたしね。

「縁がなかったんだって思う」

と、透の前で強がってみても意味はない。透は寂しそうに微笑んで、私の頭を撫でてくれる。婚約者がいても変わらない距離感に安堵《あんど》すると同時に、小さな罪悪感が湧き起こる。

テンネンちゃんはここにはいない。テンネンちゃんは、彼氏に振られた直後のあまりにもひどい私の姿を知っているから、気を遣ってくれたのかもしれない。テンネンちゃんは私に声をかけはしなかったけれど（八つ当たりされることはわかっていただろうから）、ちょこちょこ様子を見に来てくれていたことを知っている。

ネイルを塗る元気はなかったので、今日の私の爪は久しぶりに素のまま。裸になったみたいで気持ち悪い。肌の調子もいまいちだから化粧も薄め。それに合わせて服もシンプルなものにした。髪だけはなんとか巻いたけどね、透に会うから。

「私の周りの男って、なんでか夏井さんみたいな子がタイプなのよね。なんでだろう」

「咲希ちゃんは咲希ちゃんだよ。咲希ちゃんは十分かわいいし、魅力的だ」

「ありがとう」

透の言葉は昔から信じられる。お世辞じゃないと伝わってくるから。心から私のいいところを褒めてくれているってわかる。

「今度はもっと違うタイプに挑戦するよ」

私たちはカフェでコーヒーを飲みながら話している。このあとちゃんとテンネンちゃんに透を返せるように、あえて軽めの場所を選んだのだ。きっとあの子は、食事の準備をがんばっているだろうし。それに、お酒はしばらく控《ひか》えることにした。酔うとどうしようもなくなることが、よーくわかったから。

お砂糖とミルクがたっぷりの温かくて甘いコーヒー。そしてゆっくりと話を聞いてくれる透。それだけで私は元気になれる。きっと来週には私はいつもの自分に戻っているはずだ。

ネイルも綺麗に塗って、メイクももっと華やかにして。

「朝陽みたいなタイプは、やっぱり今でも苦手？」

「……なんで？」

今宮の名前が出てきて、思わずびくっとした。カップを持っていなくてよかった。動揺なんか見せたら、どう勘ぐられるかわかったものじゃない。いや、透に知られているはずはないけれど、ここでどうしてあいつの名前が出る？　私は何気ない風を装《よそお》って透を見た。

「いや、咲希ちゃんを紹介してほしいって、僕けっこうあちこちから言われていたんだよね。でも、そういうのあまりよくないと思って、咲希ちゃんには言わなかったんだけど」

「今宮くんレベルのイケメンなの？」

「朝陽までは……いかないかもしれないけど。まあそこそこ、かなあ」

「そっかあ、私も捨てたもんじゃなかったんだ」

「うん。どちらかといえば、僕は邪魔をしていたかもしれないんだけど」

ぼそぼそっとすまなそうに小さな声で言う。それは透の本音かもしれない。でもそれは邪魔をするためじゃないってことはわかってる。

「私を守るため、でしょう？」

「いいように取ればね」

「大丈夫よー。大学生の初恋じゃないんだから、透に守られなくても、もう私、自分でなんとかできるし。だからじゃんじゃん紹介してよ！」

なんて強がり通じないよね。自分で選んだ男にさえ、捨てられたんだもん。

「咲希ちゃんの苦手なイケメンでもよければ」

「……うーん、そこは要検討かな」

「だめじゃん、やっぱり」

くすくすと、私たちは学生時代のように笑い合う。

こうやって男と別れるたびに思うよ。

どうして私は透の隣にいられなかったんだろうって。どうして私は友達以上になれなかったんだろうって。私の一番はいつでも透で、しかも透以上に大事な男なんて現れてくれない。永遠の片思いをしている気分になる。

ねえ透、こうして一緒にいてくれるのに、大事に思ってくれているのに、どうして私を女として見てくれなかったの。友達で居続けていればいつかは……そう心の奥底で願ったこともあった。なのにテンネンちゃんに見せるような激しさは、私には絶対に見せなかった。私は透を何度も好きになって、そのたびに失恋してきた気がする。

「じゃあ、出張帰りで疲れているのにごめんね。話、聞いてくれてありがとう。透に会えただけで元気になれたよ。夏井さんによろしく」

ねえ、無理やりキスでもしちゃえばよかったかな？　ねえ、セックスしようって誘えばよかったかな？

そんなチャンスは何度もあったのに。私を一番理解して受け入れてくれるのは、いつでも透なのに。

こういう気持ちを、元カレには見抜かれていたのかもしれない。心の奥深くに別の人が、透が、棲《す》んでいたことを。

ずっと、昔から。


「透が、好き」

高校卒業間際に、私は透に告白した。受験勉強も終わって二人一緒に合格できて、大学も学部も一緒。だから友達関係を卒業できるんじゃないかって思ったのだ。だけど透は「ごめんね」と言った。「咲希ちゃんとは友達でいたい」と。

だから私も笑って、「わかった、じゃあ友達でいてね」と答えた。

告白はそれでおしまい。

透は私を気遣って、高校時代と変わらない態度をとってくれた。私を、友達としての一番に置いてくれた。だから透への気持ちはなんとか昇華させることができた。

入学してしばらくして、サークルの二つ上の先輩に告白された。透とはタイプは違うけれど、イケメン。そしてこの男が私がイケメン嫌いになるきっかけになった。

彼との付き合いが深く長くなっていったとき、透にも彼女ができた。

目立たなくて大人しい地味な彼女。素直で穏やかで癒《いや》されるみたいな。ああ、透の好きなタイプってこんな女だったんだってわかって。だから私は彼女としては選ばれなかったんだなって思った。

透と私の関係を決して快《こころよ》くは思っていなかった彼も、透に彼女ができたことで落ち着いた。ダブルデートをするぐらい親睦《しんぼく》を深めるようになったのだ。だから私と透が二人で会うのが当たり前みたいに、私の彼と透の彼女が会うのも当たり前になってきて。

私と透は友達だったけれど。

彼と彼女は友達にはなれなかった。

しょせん、男と女。

私は好きだった男を透の彼女に奪われた。透の彼女は私の彼を捕まえたくて、あえて透に近づいたらしい。

「ごめん。咲希ちゃん、ごめんね」

傷ついたのは透も同じだったのに、泣きじゃくる私をずっと慰《なぐさ》めてくれた。私は言葉にできない代わりに心の中で透に謝った。

ごめんね。透、本当に彼女のこと大事にしていたのに。自分が傷つけられたことも透が傷つけられたことも、どちらも同じくらい悔しくてつらかった。

それでも裏切られた傷を互いで癒《いや》すことはしなかった。私は透にならら何をされてもよかったけれど。

透、透、透。

やっぱり私はずっとあなたを想い続けるのだろうか。

今からでも追いかけて、テンネンちゃんとの結婚はやめて！　って叫べば、私は透を失わないですむの？

駅へ向かう足を止めて、後ろを振り向きたくなった。今駆け出せばたぶん間に合う。

そう思った瞬間、私の肩を掴んだのは――

「牧野!?　……おまえ、泣いているのか？」

「今宮……」

火曜日以来、顔を合わせなかった男だった。

「泣いてない！」

「どう考えても泣いているだろう、それ」

「言葉にしないでよ！　余計に涙が出るでしょう！　あんたのせいだからね！」

感情の箍《たが》が外れやすいのは自覚していた。透の結婚宣言に続いて、恋人との別れというダブルパンチで、私の心はもうぐしゃぐしゃだ。どっちのことで傷ついているのか自分でもわからない。さらにさっきまで昔のことを思い出していたせいもあって、涙は勝手に出てくる。

みっともなさすぎる。しかも、こんな路上で今宮に指摘されるし。端から見れば、私、今宮に泣かされている惨《みじ》めな女みたいだ！

「早く泣きやめ。オレが悪いみたいだろうが」

今宮もそう思ったらしい。おまえが声をかけてくるからだ、ボケ、と内心で詰《なじ》っていると、奴はタクシーを停めて、私を無理やり押し込んだ。

「ちょっと！　どこ行くつもりよ」

「……人様の迷惑にならないところだ。それとも、透を呼び出すか？」

「やめて！　透は呼ばないで！」

こいつは何を言い出すんだ！　確かにさっきまで透を追いかけようとしていたけれど、本当にそんなことしたらシャレにならない。

今会ったら、確実に私は言ってしまう。

「結婚しないで」って。私を恋人にしなくていいから、結婚だけはしないでって。ずっと傍にいてって。

……言っちゃうよお。

言葉を吐き出せない代わりに、涙がぽろぽろ落ちてくる。声だけはなんとか抑えたけれど、嗚咽《おえつ》まではこらえられなくて、私はタクシーの中で激しく肩を震わせた。

今宮が私の肩に手を回して、ぎゅっと力を入れる。まるで泣いていいと促《うなが》されたみたいで。いやもしかしたら、もう泣くなという意味だったかもしれないけれど。渡されたブランドハンカチを遠慮なく使わせてもらいながら、私は今宮の胸の中で泣き続けた。

ホテルの一室に押し込まれたとき、もうどうなってもいい、みたいな感情がなかったとはいえない。一度今宮には自分自身を晒《さら》け出してしまっているので抵抗感は薄れている。

だから抱きしめられて涙でぐしゃぐしゃな顔にキスをされたとき、素直に口を開けて舌を受け入れてしまった。過《あやま》ちは二度と犯してはならない。だからこの男と顔を合わせてはならないと逃げ回っていたのに。

あっさり掴まったのは私が弱っているせい？　それともこいつの気まぐれが続いているせい？

「おまえは……男にフラれたから泣いているのか？　それとも透が結婚するのが嫌で泣いているのか？」

今宮の低い声が耳に届く。

「オレは男と女の友情なんか信じちゃいない。夏井さんと結婚してほしくないんだったら、透にそう言えばいいだろう。おめでとう、なんて言葉で自分の気持ちをごまかしたのはおまえだ」

今宮がすぐ近くから私を睨《にら》みつける。その目の冷たさと蔑《さげす》んだ色に、私は不覚にも怯《おび》える。普段だったらなんであんたに怒られないといけないの！　と噛みつくのに、怖くて言い返せない。

「だって……だって、そう言うしかないじゃない！　透はあの子が好きなんだから。結婚したいくらい好きなのよ。私が言ったって答えはわかりきってる！」

「本当にそうか？　透はおまえのことだって大事にしている。おまえが告げれば心変わりするんじゃないのか？」

「無理よ。無駄だもん。だって私、一度透に好きだって言ったもの。でも友達以上にはなれないって。だから、だから、透の一番の友達でいるって決めたの。彼女じゃないなら、傍にいていいって言ってくれたから。透が幸せになれるように、透が結婚したいくらい好きな人と出会えたら祝福するんだって。おめでとうって言うって決めたの。透が好きだから、大事だから、幸せになってほしいから!!」

そうだよ。透が大好きだから、私は彼の幸せを一番に願う。願っているはずなのに、号泣しながら叫ぶ。

「なのに今の私、透の結婚、喜べないよー」

もし恋人と別れていなかったら、心から祝福できていたんだろうか。このタイミングで別れたりしなければ、恋人との別れより透の結婚の方がつらいだなんて気づかずにすんだのに。

「……おまえはあいつに縛られすぎなんだ。オレが解放してやる!」

今宮の言葉の意味はわからなかった。ただ自分の体が宙に浮いて、そのままベッドに投げ出されたことはわかった。

今宮は私を睨《にら》んだまま、ネクタイに指をかけてシュッと引き抜いた。そして、突然それで私の目を塞《ふさ》ぐ。頭の後ろでぎゅっと結ばれて、ネクタイで目隠しされたことを知ったときには、ジャケットを脱がされて、ベッドに押し倒されていた。

「変態!　何すんのよ!」

こいつ何?　こういうプレイが趣味!?

「今からおまえに触れるのは透だ。透だと思って、おまえは気持ちをぶつけろ。ついでに透に抱かれていると思えよ」

今、なんて言った？　透に抱かれているつもりになれ？　透が私を抱くわけないじゃん！

「何わけわかんないこと言っているのよ！　離して。解《ほど》いて！」

だけどそんな抵抗もむなしく、ひものようなものが両腕に巻かれた。

目隠し!?　拘束!?　この人、本当にそういう趣味があるの!?

そう思っていたら何か硬いものが耳にあてられる。そしてそこから聞こえるのは——

「咲希ちゃん……？　どうしたの？　咲希ちゃん、何かあった？」

いつのまに私の携帯を出したのか知らないけれど、それはまさしく透の声で私は叫ぶのも暴れるのも忘れて、その声に聞き入ってしまう。

「もしもし？　咲希ちゃん？」

透のやわらかな声。温かみのあるいつもの呼び方。咲希ちゃんと、ちゃんづけで呼ぶのは透しかいない。

「……透」

「咲希ちゃん。聞こえている？　僕の声」

「言えよ。結婚するなって」

透の声とは逆の耳にそう囁《ささや》かれる。と同時に、耳を舌でなぞられる。

「透……私ね」

結婚しないで。私のものにならなくていいから、誰のものにもならないで。

頭に浮かぶのは透の微笑み。

名前を呼べば、いつも優しい表情で私を見つめ返してくれた。何かあるとすぐに頭を撫でてくれる。元気がないと一番に気がついてくれて、いつでも私の傍にいてくれた。

「透さん？　牧野さん、どうかしたんですか？」

電話の向こうでテンネンちゃんの声が聞こえ、ハッとする。透の傍には彼女がいる。そうだ、透は彼女と幸せになる。

透の隣は私のものじゃない……

「透。なんでもない、ごめんね。間違えてボタン押しちゃった」

「咲希ちゃん？　本当に？　何かあったわけじゃない？」

「うん、大丈夫。心配しないで。ごめんねー、お邪魔して」

私の言葉に合わせるように終話ボタンが押されたのだろう。声は途切れた。透の声が耳に残ったまま、唇を押し当てられた。

「今だけ、透って呼ばせてやる」

透のキスがどんなものかなんて、私は知らない。透がどんなふうに触れるのかなんて知らない。だけど、こんなふうに宝物を触るみたいに優しく扱われるとわからなくなる。

私の舌の動きに合わせる甘いキス。ここにいるのは今宮朝陽で、桜井透ではないことはわかっているのに。

「咲希ちゃん」

そう、透の声がまだ耳に響いているから。

今宮は一言もしゃべらずに私の服をはいでいく。すでに電話の最中にほとんど脱がされていたので、あっという間に私はほぼ生まれたままの姿になった。

——透の手が胸に触れる。舌が肌をなぞっていく。頬に流れる涙に吸いつき、腕を撫で、足を開いていく。ゆっくり、ゆっくりと熱が中から生み出されて声が漏れた。心の中で私の名前を呼ぶ透の声と、私が「透」と呼ぶ声が重なり合って。

透、大好きだよ。

透、私を抱いて。

透、私の中に入ってきてよ。

優しく甘い愛撫は、透の面影《おもかげ》を壊さない。

彼は、舌で敏感な部分をつついては唇を食《は》む。体の奥から熱が零《こぼ》れて、滴《したた》り落ちていく。体を震わせるたびに揺れる胸。足の間にも、指が入りこんで奥の襞《ひだ》をなぞっていく。大きな快感の波が、いつも以上に男の前で足を広げさせる。

「っ、はあっ」

硬い男の指が、あますことなくあそこの表面を撫でつける。私の中から零《こぼ》れるものを塗りつけるみたいに。敏感な部分をかするたびにびくっと腰が震えて、自分からその指を奥へと誘《いざな》ってしまう。

透を想いながら、今宮の手で翻弄《ほんろう》される。まるで彼の手で自慰をしているようだ。

これは透じゃない。そう言い聞かせなければ。

漏れる吐息を塞《ふさ》ぐようなキスといやらしく奥で蠢《うごめ》く指に、何かを引き出されそうになる。呑み込めない唾液が唇の端から伝《つた》って、その道をなぞるように舌が動いていく。

なんでこんな抱き方するの？

なんでこんなふうにネクタイで目隠しして、透だと思え、なんて。

悲しいのか快感のせいかわからないけれど、目じりから涙が零《こぼ》れていく。

けれど、イきそうになる瞬間、私が呼んだ名前は透じゃなくて……

「今宮！」

だった。

「透って呼ばせてやるって言ったろう」

イったばかりの私から目隠しを外し、涙をキスで拭《ぬぐ》いながら今宮が私の体を起こしてくれる。腕の拘束が解かれて、私はガバッとシーツを掴んで体を隠した。

はあ、はあと息が上がる。こんなに疲れるなんて、やっぱりイかされるってきつい。

私はあまりイったことがなかった。セックスは嫌いではないけれど、声を出すこともなく、体がだるくなるなんてこともなかった。前回、声が出たのは睡眠不足と酔いのせいだと思い込んでいたけど。

体がまだ震える。あそこが痺《しび》れている。なのにまだ足りない。気持ちよかったはずなのに、もっと、と思っている自分がいる。

「シャワー浴びてくる」

今宮の声が聞こえて、私は顔を上げた。

もっとって思っているのは私だけ？　最後までやらないのは私じゃ興奮しないから？

「しなくていいの？」

私の言葉に今宮が振り返る。

あ、馬鹿にした目。上半身は裸なのに下はベルトさえ外してない。やっぱりはじめから最後までやるつもりはなかったんだ。

「私相手じゃ……勃《た》たないか……」

「馬鹿かおまえは。オレは今から抜きにいくんだよ。挿《い》れてほしけりゃ自分から言え。いくらでもやってやる」

にやりと最後に笑みを浮かべるのを見て、こいつがわざとそんな風に言ったことに気づく。

「おまえはチャンスを逃したが、オレはチャンスはいただく主義だ」

やっぱりこいつの言うことは、いまいちよくわからない。バスルームへ向かう背中を見送ってから、私ははあっとため息をつく。いまだに体に快楽の余韻《よいん》が残っていて、それを抑えるように私は自分を抱きしめた。

もし私が抱いて、と言えば、透は抱いてくれたかもしれない。でもそれで終わり。セックスつきの友達になるだけで、恋人になることはきっとなかった。そんな気がする。

「よかった、結婚しないでって言わないで」

よかったんだよね、これで。

私は膝をかかえて涙を零《こぼ》した。シャワーの音できっとあいつには聞こえないはずだからと、ほんの少しだけ声を上げて泣く。

恋人にも妻にもなれないけれど、友達ではいられる。たぶんこれから先も。

あのあと今宮は、お腹がすいたと我儘《わがまま》を言った私に、おすしの盛り合わせをルームサービスで頼んでくれた。そしてなぜか添い寝までしてくれたのだ。

目が覚めたとき、彼の腕がやわらかく私を包み込んでいることに気づいた私は、恋人でもないのにマメな男だと感心した。

そしてイケメンも悪くないかと、ほんの少し考えを改めた。


会社帰りに入ったのは、シックな懐石《かいせき》料理屋。そして、私の目の前にいるのは嫌っていたはずの男。

むうっと口を尖《とが》らせたまま、黒いテーブルの上を見た。薄紫《うすむらさき》色の綺麗な和紙の上には、漆黒《しっこく》の一《いち》膳《ぜん》のお箸。真ん中には季節の花が小さなグラスにアレンジされていて、四角いシンプルな醤油さしや爪楊枝《つまようじ》が入っているのだろう陶器の器《うつわ》が並んでいる。

二人掛けのテーブルに、こぢんまりとした空間。流れる音楽も雅《みやび》な感じで、木の板が張られた天井といい、格子《こうし》の模様のついた扉といい、何もかもが高級感を醸《かも》し出している。

温かなおしぼりで手を拭き、ちらりと向かいの男の顔を見た。

いつの間にか連絡先の交換をさせられ、「メシ奢《おご》ってやる」の言葉を合図に続いてしまいそうな関係に、私は最初抵抗した。

一度目は不可抗力、二度目もまあ不可抗力。そう言い聞かせていたけれど三度目はさすがに、ねえ。

そう思っていたのに「透にバラすぞ」と脅《おど》されて、夕食を食べてそのままベッドまでともにする関係になってしまった。ただし、最後まではやっていない。

最初は透にだけは知られたくない、と思って応じてしまったけれど、考えてみれば透にバレたって構わない。透が恋人でもない男とセックスしている私を軽蔑しても、そこで私との関係を見限っても、透をいつまでも引きずっている私にとっては、むしろその方がいいのかもしれないもの。だから「バラしたければバラせば」と言えば、今宮に付き合う必要はなくなるんだけど。

だけど、こうして今夜もこいつと顔を合わせている。

「なんだよ、その表情。食欲戻ってきたんだろう？」

戻ってきましたよー。見た目はなんとか装《よそお》えても、食欲はあまり湧かないし、夜中に目が覚めることもあった。でも私は失恋し慣れているので、時間とともに体も生活も元に戻っていく人の強《したた》かさを知っている。

私、美味しい料理が大好きなんだよねー。

今までは、よく透と一緒に美味しいもの巡りをしていた。だから舌は肥《こ》えている方だと思う。透がテンネンちゃんと付き合い出してからは二人きりで食事することは減ってきたので、あの結婚宣言があったフレンチでは久しぶりに美味しいものを食べた。

それ以降、私は今宮朝陽によっておそらく餌付《えづ》けをされている。

しばらくして、店員が料理を運んできた。目の前に、お銚子《ちょうし》とおちょこととともに、ひし形の漆《うるし》の器《うつわ》に入った色とりどりの小鉢の盛り合わせが置かれる。

うーっ、かわいい！

翡翠《ひすい》色の器《うつわ》の中には薄黄色のジュレがあり、その上に赤い宝石のようなイクラが載っている。ガラスの器《うつわ》には緑の鮮やかなお浸《ひた》しに、葉の形に切られた大根とニンジンの飾り。花の形の器《うつわ》には小さなワサビが載ったゴマ豆腐《どうふ》。

ああ、食べるのもったいない！　でも食べたーい！

思わずお箸を持ちそうになっていると、今宮が笑いながらお銚子《ちょうし》をかかげて私に差し出す。

「ほら」

私も慌てておちょこを手にして、冷酒の香りをかいだ。

先にお酌《しゃく》されてしまった……

軽くかかげて乾杯したあと、ひとくち口に含んだ。まろやかな味がふわりと舌を包む。

「美味しいっ！」

「よかったな」

ついそう言って、張りつけていた不機嫌の仮面を外してしまった。

会社の外のせいか、今宮の表情は穏やかだ。いつも無表情で仕事をこなしているから、愛想笑いさえできない奴だと思っていたけれど、こいつも普通の男だったってことだよね。当たり前だけど。

口調も会社にいるときよりやわらかい。

それにつられて私もいつもの対応じゃなく、普段より子どもっぽくなっている気がする。

私は今宮朝陽のことが嫌いだった。自分がイケメンであることを自覚していて、集まる女も軽くあしらいながら微妙に見下していて、何より透が好きな女を特別に扱っていたところが気に入らなかった。

でも、知っている？

「嫌い」から始まったら、それ以上落ちようがないってこと。ささいなことで評価は上がってしまうってこと。

私の透への想いを知っているこの男は、壊れそうになっていた私にきまぐれに手を差し伸べてきて、私を違う意味で追い詰める。

「本当に美味しいよ」

お刺身は新鮮で、口に入れると、すっと溶けていきそうだ。

「おまえなら、こういうところ来慣れているかと思っていたけどな」

「こんな高そうなお店、透以外とは来ないわよ」

手酌《てじゃく》しようとお銚子《ちょうし》に手を伸ばすと、そっと制された。大きな掌《てのひら》に長い指、いかにも男って感じのその手に魅力を感じる女は多いだろう。顔だけじゃなく、何気ない仕草とか指とか首元とかのパーツまでも、この男は女を惹きつけるものを持っている。

「なんでっ」

そんな部分にドキッとしたことを知られたくなくて、ついきつい口調になる。

「おまえ飲みすぎるとまずいから、ほどほどにしておけ」

「…………」

それは確かにごもっともですが。

「オレはいいぞ。酔ってわけがわからなくなったおまえをめちゃくちゃにできるからな」

椅子を引いて逃げ出したくなるほど低く艶《つや》やかな声に、私はこれ以上体裁を繕《つくろ》うことができない。

個室とはいえ、なんて発言をするんだ！

……っていうか、やっぱりそういう流れになるんだ。

反論する術《すべ》もなく、私はグラスのお水をごくんごくんと飲んだ。今宮は私の行動を見て、にやりと笑みを浮かべている。いやだー、どんな影響を女に与えるかわかったうえでの攻撃なんて！　イケメンひどいっ。

「こっ、このお店カウンターもあったよねー。目の前でお料理を作るの見ながら食べるのも楽しそう」

個室は危険だ！

「次はカウンター席で予約入れてやる」

はっ、別に次の催促《さいそく》をしたわけじゃないのに！　今は何を言っても何をやっても墓穴《ぼけつ》を掘りそうだ。だから私は食事に集中することにした。

ちなみに、私の食事は今宮のものより量が少なめにされている。美味しいものは好きだけど、私は一度にたくさん食べられるタイプじゃない。だけど実際そう言ったことはないので、気づいて勝手に頼んでくれているのだと思う。

ずるいよ。

そういう細やかな優しさを見せるのは。

普段あまり見せない姿を晒《さら》すのは。

私は綺麗な箸使いで食事をする今宮を、ほんの少し見つめてしまった。

＊　＊　＊

オレを見た女は、たいていぽーっとオレを見つめるか、恥ずかしそうに視線を逸らす。けれどその女はオレの顔を見るなり、ものすごく嫌そうな顔をした。

それが、牧野咲希との出会い。

いつ顔を合わせても眉間に皺《しわ》が寄っている。にこやかな笑みを浮かべることもあったけれど、胡《う》散臭《さんくさ》いものにしか感じられなかった。

そんな女を、オレは今追い詰めている。

心から笑うと幼く見える。キスをすると無防備な表情で見上げてくる。

声を上げるのは嫌なようで、恥ずかしいとしきりに耐える。

「やっ、あんっ」

だからこの女から高い声を引き出すのは、なかなか大変だ。

女がイくときの顔なんて快楽を感じようとする貪欲《どんよく》さが滲《にじ》み出ていて、オレは逆に冷めることが多かったのだけれど。

こいつの場合、普段の強気な表情を知っているせいか、妙に下半身にクる。目じりから零《こぼ》れる涙に、開けっぱなしの唇。紅潮《こうちょう》する頬に張りつくやわらかな髪。透が決して知りえないこの姿を、オレは目に刻みつける。

スタイルは本当にいい。ほどよい大きさの胸は白くてハリがある。薄い桃色の小さな乳首、細い二の腕、くびれた腰に桃のような尻。膝《ひざ》から足首までのラインはむしゃぶりつきたくなるほどいやらしい。

透の傍にいたいからと努力した彼女の外見は、たぶん大半の男の願望を叶えるものだと思う。

自分を嫌っている女を相手にするほど困ってはいなかったし、透の大事な女友達というフィルターがかかっていたから、オレは牧野咲希という女をよくわかっていなかったのだ。

「お嫁さんにするには、最高にいいよ」と透がよく口にしていたけど、あいつは時間をかけて牧野を「理想のお嫁さん」に作り上げたのかもしれない。

そして透の思惑通り、「ヒトバンダケノアヤマチ」を望んでいたはずのオレは、呆気《あっけ》なく奴の掌《てのひら》の上で転がされた。

男と別れたときも、ぶつぶつ愚痴《ぐち》っているだけだった。泣きはらした目をしていても、オレの前で泣いたりはしなかった。

会社近くのコーヒーショップから出てきた透と牧野を見かけたのは、偶然だった。足取りがだんだんとゆっくりになって、立ち止まった背中が震えているのに気づいたとき、とっさに肩を掴んだ。

驚きに見開かれた大きな目から零《こぼ》れる涙を見て、こいつが誰を想って泣いているかは一目瞭然《いちもくりょうぜん》だった。

涙を武器にしか使いそうにない女が、声を必死に殺して泣いている。嗚咽《おえつ》までは抑えられず、寒さを訴えるように震える。抱きしめた肩はやっぱり小さかった。

オレの腕の中で泣き続ける姿を見て、オレはなぜか怒りが湧き起こってきた。

牧野とずっと傍にいるために画策《かくさく》してきた透の執着《しゅうちゃく》も、そのせいでいつまでも透への想いをくすぶらせている牧野の恋心も、両想いなのにくっつこうとしないカップルのようでバカバカしくてたまらない。

透が好きなら好きと言えばいい。あいつはおまえを大事にしている。特別にしている。もしかしたら結婚相手の夏井さんよりも。

それでも透が拒むなら、あいつから離れてしまえばいい。おまえだけがこんな悲痛な泣き方をする必要はないんだ。

唇を塞《ふさ》ぎ舌を差し入れる。涎《よだれ》まみれになるのも構わずに、口を開けさせて舌を引っぱり出す。形の綺麗な胸の先端はつんと尖《とが》り、指先で刺激を与えれば、くぐもった声が唇の隙間《すきま》から漏れた。

このやわらかな感触も、切なげに歪《ゆが》められる眉も、目から零《こぼ》れる涙も、透は知らない。

牧野の戸惑いや羞恥《しゅうち》や抵抗を封じ込めたくて、オレはあえて激しく彼女を攻めたてた。

細い足首を掴んで折り曲げ、隠れているその場所を晒《さら》してやる。羞恥《しゅうち》心からか、一瞬だけ閉じようと力を入れるけれど、強く促《うなが》せば素直に応じる。

牧野のソコはものすごく綺麗だ。薄いピンク色のソコから溢れ出てくる透明な雫《しずく》。顔を出しかける小さな粒。そこを大きく舐めると、牧野の体が小刻みに揺れる。爪の先まで色づいた細い指が、優しくオレの髪をすく。そんな小さな行為ひとつひとつが、男の中の何かを揺さぶることに、こいつは気づいていない。

小さかったそこを唾液をこすりつけながら、優しく舐《ねぶ》ってやる。円を描くようにゆっくり動かすと、少しずつ膨《ふく》らんで滑《なめ》らかな輝きを放った。舌で舐めては時折唇で挟む。下から溢れてきたものをすくいとって塗りつけると、これ以上はないほどに膨張してきた。

「やっ、今宮！　やだっ、あんんっ」

牧野はびくびくと震えて、オレの顔を挟むように足を伸ばしてきた。白くて弾力のある肌に噛みついて、痕《あと》をつけたくなる。

彼女が達しようとするのがわかって、指を中にもぐりこませると、うねる襞《ひだ》が絡んできた。空洞の広さを確かめるように指をそっと滑《すべ》らせていくと、こぽりと溢れたものがまとわりつく。指先で襞《ひだ》の感触を確かめれば、ぴくりと反応した。

「あんっ、いやっ、そこはっ」

「嫌、じゃなくて、イイだろう？」

口では拒んでいても体は素直だ。少し強めにこすりつけると、収縮して指をしめつけてくる。この中に入れられれば、さぞ気持ちいいだろう。張りつめている自分のものを強引に押し込んでしまいたい。

「んんっ」

声をどうしても上げたくないのか、牧野が唇を噛みしめる。普段オレを見るときと同じ、眉根を寄せた表情なのに、今はそれを見られることが嬉しくてならない。潤《うる》んだ目、歪《ゆが》んだ唇、上気した頬、首筋にまとわりつく髪。ふわりと揺れる胸の先はずっと尖《とが》ったままだ。

オレの指で牧野が壊れていくところを見たくて上体を起こすと、彼女はオレを見上げた。

「やっ、見ないで」

「牧野……イけばいい」

「やあっ、やだっ、あんんっ!!」

ひと際声が上がる場所を一気に抉《えぐ》ったあと、膨張したそこを軽く押さえた。高い声が断続的に続き、ぎゅっとねじるように指をしめつけて、蜜が零《こぼ》れる。

「すげー、ドロドロだ」

全身から力が抜けた牧野は、オレが足を解放しても閉じる元気もないようだ。

わずかな明かりに反射して彼女の中から落ちてくるものを眺める。そして、溢れ出たそれを口の中に吸い込み、そのまま達して惚《ほう》けている彼女の口に流し込んでやる。オレの手でどれだけ感じたか実感すればいい。舌を絡めて唾液と交ぜて、牧野の口の中を味わう。敏感になりすぎた体は、キスひとつでも感じているようで素直に応じて舌を絡めてくる。

この中に突っ込むのも気持ちいいだろうなと思うけれど、それはもう少し先だ。

「いま、宮」

縋《すが》るようなかすれた声に、牧野が足りていないということがわかる。それが表情に出ていて、愛しさが湧き起こるけれど、今は無視する。

彼女はオレの名前を呼ばない。オレも強要しない。セックスの最中に名前を呼ばれても、今までは特になんとも思っていなかったけれど、こいつに呼ばれると変な気分になるだろう。だから呼ばせない。そしてオレも、咲希とは呼ばない。

オレたちは体を重ねるようになってしまったけれど、別に恋人同士なわけじゃないから。

牧野の心にはまだ透がいる。そのことを知らなければ、オレはすぐにでも彼女の名前を呼んだだろう。

でもオレは知っている。透がどれだけこいつの中に棲《す》んでいるか。こいつがどれだけ縛られているか。だから透に対抗するには、体に教えるしかない。

おまえを抱いているのは桜井透でなく、オレなのだということを。

＊　＊　＊

私は恋人と呼ばれる関係でなければ、セックスはしたことがない。それなのに恋人でも友達でもない男と体を重ねている（まあ、友達とはしないけど）。

だけど、今宮は決して勃《た》たないわけじゃないのに、挿入までは絶対にしない。

こいつが飽きるまで続く、カラダだけの関係。こんな抱かれ方をしていたら、普通の女なら勘違いしてしまうんじゃないかと思う。

背中からぎゅっと抱きしめられて、今宮の腕の中にくるまれている。広い胸に覆《おお》われていると、自分が小さくて守られるべき弱い者のような気がしてくる。

今宮が私の髪を寄せて項《うなじ》を露《あら》わにすると、そこに舌が這う。最初はマーキングされるのではと抵抗したけれど、こいつは決して私の肌に痕《あと》を残したりはしないので今はされるがままだ。

耳の後ろまで舐めまわし、形をなぞるように唇で食《は》む。耳が感じやすい人がいることは知っていたけれど、まさか自分もそうだとは思わなかった。最初はくすぐったいな程度でしかなかったのに、繰り返されるたびに快楽の種が植えつけられる。くちゃくちゃとしたくぐもった音が響いては、ねっとりとした熱が伝わる。

すると、私の口には唾液がたまり、体の奥からは蜜が湧き出るのだ。

「おまえの胸、本当に気持ちいいな」

絶対に言わないけど、私も気持ちがいい。触る方も触られる方も気持ちがいい、それがセックスなんだと今宮は教えてくる。時折私の口の中に指を入れて唾液を絡めて、胸の先を転がす。滑《すべ》りをよくしたそこはますます固く尖《とが》って、刺激がどこまでも続いていく。

いやらしいことをされているはずなのに、大事にされているように錯覚してしまう。胸の先に触れていた手がそっと腹部に落ちていく。お腹や脇の下をゆるりと触るそれが、どこに向かおうとしているかわかっていても止められない。

いつからか私はただの同期の男に、秘めた部分に触ってほしいと望み始めている。

そっと顔を上げると唇が落ちてきて、密《ひそ》かに指が伸びる。入り口をノックするようにこじ開け、外へ出たがっているものを導く。

「はっ……んんっ」

「いいな。ちゃんと感じているのを教えてくれる……」

今宮は一瞬だけ唇を離してそう言うと、長い指を中に入れてきた。もう一本指が増えても痛みはなく、私は素直に受け入れる。

引き抜いては再び奥を突き、時折くるりと内側をなぞる。以前は反応しなかった場所にも快感の種がまかれて、どこに触れても感じるように作り変えられている気がする。決して私の中に入ってこないこいつの代わりのように。

「牧野……イイ？」

そういうこと聞かないで！　でも水音が素直に答えを返してしまう。

「あっ、ふっ、あんんっ」

答えなかった私に思い知らせるみたいに、今宮は弱い場所をつついてくる。声は必死で抑えるけれど震えまでは止められない。一気に全身が緊張から弛緩へと促《うなが》され、力が抜けた。今宮は私の震えが収まるまで、優しく抱きしめて待ってくれた。

腰には元気なものが当たっている。今宮は私のこめかみにそっとキスを落とすと、私の体を横たわらせる。そして、隣に来て軽く腕をまわし、大切なものみたいに抱きしめた。耳元で聞こえるのは、熱くて短い吐息。

自分の欲望だけを放出するようなひとりよがりのセックスであれば、もっと割り切れた。

でも今宮は、最初の夜から必ず私を先に高みに上らせる。気持ちよさを植えつけて、私からいろんなものをそぎ落として、身も心も裸にしたうえで寄り添ってくるのだ。だからわけがわからなくなるのよ。

そっと指を伸ばして、いまだ硬さを保ったままのそこに触ってみる。今宮は体を引いたけど拒んだりはしない。

「挿《い》れないの？」と何度か聞いた。だって、微妙に惨《みじ》めじゃない？　自分だけイかされて卑猥《ひわい》な姿を見せているのに、相手は最後までしないなんて。それでも彼は決して挿入しようとしない。それ以来、私は聞くことをやめた。

でも手とか口とかでイかせることはお許しが出たので、触って出してやっている。自分で勝手に出させてもいいんだろうけど、私ばっかり気持ちよくなるのはちょっと申し訳ない。

まだ指先に力が入らないけれど、ゆるゆると触る。強弱をつけたり、指先でそっと撫でたり、ぎゅっと締めたり。今宮は絶対普段では見せない顔で快感に耐えている。

うっすら開いた目はどこを見ているかわからないけれど、小さく眉根を寄せて短く息を吐く。

顔がいいから、そういう表情もとにかく色っぽい。おかげで私も奇妙な感情が芽生えて、ついつい奉仕してしまう。硬さと大きさがさらに増して、ぴくりと体が震えた。

どうしようかな。ティッシュでくるんで出させるかな？　それとも口で受け止めるか。うーん、そこまでやるのもなんかなあ。でもお腹の上は嫌なんだよね、汚れるから。

私の手で彼がイくのを見るのは嫌いじゃない。私だけが唯一、奴を手なずけているみたいで。

今宮の大きな手が、私の頭に触れて髪を優しくすく。

ねえ、そんなふうに頭を撫でたりしないで。こめかみに小さくキスを落としたりしないで。

だって、この行為に別の意味が含まれているんじゃないかって勘違いしそうだから。

どうして抱かれているかわからないように、たぶんあいつもどうして抱いているかわからないのだと思う。挿入行為のない体の付き合いが何を意味するのか、私にはどう考えても理解できない。

わかっているのは、今宮が飽きれば終わる関係だということ。


一体、いつまで続くんだろう。

そう思っていた関係はやっぱりいつの間にか終わりに近づいていたらしい。

それから今宮からの誘いが間を置くようになった。週に一回だったのが二週に一回になったと思ったら、あっという間に一か月経っていた。

これは自然消滅と見ていいだろう。

体を重ねたときから、今宮が私に仕事のサポートを頼むことはなくなった。だから社内で顔を合わせることもほとんどない。彼が今なんの仕事に携《たずさ》わっているのかわからない。それは透にも当てはまることだけれど。

午前の会議が終わったばかりの会議室。午後から総務部が使う予定なので、その準備をしに来ると、女子社員の甲高い声が聞こえた。私はやっぱりタイミングが悪い。

「今宮さんに迷惑かけているんだって、いい加減自覚しなさいよ」

きつい声とともにパシッと頬を叩く音が聞こえて、思わずドアを開けてしまった。他課の綺麗どころの女子社員三人に囲まれていたのは、小柄で大人しげな女の子。

あれ？　こんな場面、ちょっと前までは頻繁《ひんぱん》にあったぞと思い出す。もちろん、ターゲットは夏井莉緒で、透絡みのゴタゴタだった。

ちなみに二人は私たちに結婚宣言したものの、公《おおやけ》にしていない。テンネンちゃんが他の支社のヘルプに二か月ほど行くことになったから、まだ発表できないんだそうだ。

今度のターゲットもまたテンネンちゃんに似たタイプと見た。そして挙がっている名前は今宮かよ。

「牧野さん、何⁉」

私に見られて怯《ひる》みつつも、文句は言わせないと虚勢《きょせい》を張る三人組。三対一って卑怯《ひきょう》だよねえ。

「午後からうちが使うから、その準備に来ただけよ」

知らぬ振りをしてもいいけれど、ターゲットにされている女の子の頬は赤いし、涙目になっているので、そうもいかない。

「そう。片づけはこの子に任せてあるから。行こう」

そう言って、三人はそそくさと出て行く。うん、会議用のテーブルにはまだ湯のみとか飲みかけのペットボトルとか残っていますね、はい。

残された女の子は、子リスみたいな子っていうのが第一印象。見た感じ、テンネンちゃんよりは自分に手をかけているようだ。大人しそうだけれど芯《しん》の強そうな眼差し。でも口元や軽く握った手は震えている。

彼女は、ぐいっと乱暴に涙を拭《ぬぐ》ったあと、わずかに笑みを浮かべて、「すみません。今すぐ片づけますね」と呟いて動きだす。

大丈夫？　と声をかけるのもどうかと思って、私はホワイトボードのペンや、プロジェクターとパソコンのセッティングなどを確かめる。

「佐々木《ささき》さん」

ドアが開くとともに低く通る声が聞こえて、子リスちゃんはパッと顔を上げた。恥ずかしそうだけど、まるで何かを期待するような表情で。

「牧、野？」

彼の視線はすぐに私をとらえた。いや私、彼女に何もしていないからね、初対面だからね。

「今宮くん……。知っている子？」

「……ああ、今、彼女の指導をしているんだ。何かあったのか？」

そりゃあ、子リスちゃんの赤いほっぺと目元を見ればわかるんじゃない？

そっかこの子、今宮に指導されているんだ。なんだか読めてきたぞ。

「え、と……ちょっとぶつけちゃっただけですから。いつものドジです」

いや、それ言い訳として通用しないから。だって指の痕《あと》くっきりだし。今宮は明らかに心配そうな目を子リスちゃんに向けている。こいつがこんなふうに感情を露《あら》わにするのは珍しい。普段なら無表情で対応するのに。

あ、この子、反応が夏井さんと似ているんだ。

「強がらなくていい。ここはいいからその頬冷やしてこい。このままじゃ周囲に心配かけるだけだ」

言葉は冷静なのに声は優しいね。子リスちゃんは、また泣かないように涙を拭《ぬぐ》って、「はい」と素直に返事をして部屋を出て行く。もちろん、お盆にのせた不必要なものを運ぶのも忘れない。

去り際に私に「ご迷惑おかけしました」と頭を下げる。別にあなたに迷惑はかけられていないけどね。

「だいぶ……嫌な状況みたいね」

パタンとドアが閉められたのを確認して、私は口を開いた。

「……ああ。オレもフォローにまわっているけど追いつかない」

首元に手を当ててふっと息を吐く姿から、彼がかなり疲れていることがわかった。仕事も忙しいし指導も大変だし、そのうえアレかあ。

でも彼女がつらく当たられる大半の理由は、自分がフォローにまわるせいだって気づいているのかな？　それとも冷静になれないぐらい、彼女に入れ込んでいるのかな。

「誰かあんた以外に味方になれる女、見つけてあげなよ」

「そうだな」

女には女が一番。でもああいう子を庇《かば》ってあげるには、よほど強いサポーターじゃないときついかもしれないけど。私は椅子の数を確認して、会議室の電気を消した。

「じゃあ仕事に戻るから」

「……ああ」

久しぶりに会っても、仕事の話しかしないんだね。それが今宮の気持ちなんだろう。

仕事も関わっていない今、もう顔を合わせる機会も話すこともない。

何より今、彼には子リスちゃんがいる。テンネンちゃんに似た、今宮が好きそうなタイプの子リスちゃん。あいつは、ああいうタイプには手を差し出さずにはいられない。テンネンちゃんを見てきた私だからわかること。

そしてテンネンちゃんの傍には透がいたから、ブレーキをかけていたんだろうけど、あの子にはそんな必要はない。それにすでにあの子は彼に惹かれている。だからいつかはあいつだって……

だからそのあと、久しぶりにきた奴からのメールは開けることもなく削除して、ついでにメールも電話も受信、着信拒否にしてやった。

大丈夫。私たちは始まってさえいないのだから、終わることなんて簡単だ。

＊＊＊

金曜の夜。すでに就業時間はとっくに過ぎたが、オレは一人、部屋で残業していた。それもこれも、オレが指導にあたっている佐々木ほのかへの風当たりの余波《よは》のせいだ。

彼女の仕事上の小さなミスがきっかけで、ここぞとばかりに馬鹿な女たちが攻撃するようになった。

最近は仕事に影響することも増えてきて、オレはその後始末に奔走していた。彼女への嫌がらせが、結局オレへの嫌がらせになっていることに、いい加減気づいてほしい。

本来の業務はあとまわしにせざるを得ない。彼女に絡んでいる女の中に常務の娘がいるのも、オレの行動を制限させる。

何度か指導係を外してほしいと言ったが、誰も担当できるほどの余裕がある奴がいなくて、今更変わっても彼女への攻撃はやまないだろうという上司の言葉もあったので現状維持の状態だ。明確な解決策が見いだせていないし、仕事が忙しすぎて、悪事を明らかにするための罠を張る暇もないのだ。

「残業おつかれさま」

金曜の夜に出すには似つかわしくない爽《さわ》やかな声が響く。透だ。

缶コーヒーを掲げられ、オレは素直にそれを受け取った。普段は飲まない微糖だけど血糖値の下がっている今は、それさえもありがたい。透は隣の席に我がもの顔で座ると、自分もコーヒーのプルトップを開けた。

「だいぶ大変なことになっているみたいだね。僕のところにも噂が聞こえてきたよ」

こいつがこう言うからには、今知ったという意味じゃない。他部署のメンバーが知るほど噂が広がっていると言いたいのだ。

「いっそ佐々木さん、だっけ？　彼女と交際宣言でもしちゃえば逆に落ち着くかもよ。そうすれば堂々と彼女を守れる。仕事もスムーズだ」

透の口調は軽やかだ。けれど内容はオレを非難するものだった。一口含んだコーヒーは甘みがあるはずなのに、苦味が勝った。

「朝陽がそこまで不甲斐《ふがい》ないとは思っていなかったよ」

透はにこやかな笑みを浮かべながら、目でオレを刺してくる。腹黒王子の降臨《こうりん》だ。本当に誰かこいつの本性を暴露してほしい。けれどものすごく疲れているオレには、防御の方法が見つからない。

「君が不甲斐《ふがい》ないせいで、僕は莉緒との婚約を公《おおやけ》にできない」

「なんでそれがオレのせいになるんだよ」

「君が咲希ちゃんを守れないからだよ」

その名前が透から出て、オレはビクッとした。できればこいつには知られたくなかった。だから感情が漏れないように、再びコーヒーを口にする。だんだんと味さえわからなくなってきた。

「佐々木ほのかさん——莉緒に雰囲気が似ているって噂だよ。僕にはそうは思えないけど。でも放っておけない魅力があることは認める。だからいいよ。もう咲希ちゃんのことは僕がなんとかするから、君は心おきなく佐々木さんを守ってあげて」

再び、にっこり。軽く机の上で組んだ両手。傍には飲みかけの缶コーヒー。こいつのにこやかな横顔からはまったく本音が読めない。

「どういう意味だ」

「そのままだよ。僕が君に言ったことは忘れてくれて構わない。咲希ちゃんには、彼女を守れる男をちゃんと準備する」

勝手なことばかりほざいてんじゃねえ。オレをけしかけたのはおまえのくせに。

オレは椅子をまわして透に向き合い、睨《にら》みつけた。

けれどオレを見る透の目に苛立ちと寂しさが見えて、オレは罵倒《ばとう》の言葉を呑み込む。

「咲希ちゃんはあれで貞操観念が強い方なんだ。だから恋人でもない男とそういう関係になるなんてたぶん思ってもみなかったと思う。君だって遊び相手はきちんと選んでいたはずだ。咲希ちゃんがあのタイミングで男と別れたりしなかったら、僕の結婚に揺らぐだけですんだのに。僕にもあれは予想外だったから。でも、君ならどうにか支えてくれると信じていたんだ。なのに、君が、僕が咲希ちゃんを大事にしているってわかっていて、そんなことをするとは思っていなかった」

視線とは逆に口調は穏やかだった。

でも内容を聞くと、透が何もかもを知っていることに気づかされる。

牧野が話すとは到底思えない。まあオレだっていつまでもごまかせるとは思っていなかったけれど。本当にこいつは牧野をよく見ているんだな。

「もっと普通に始まってほしかったけど、このまま終わるなら終わって、もう二度と咲希ちゃんには関わらないでくれ。僕は彼女を傷つけたいわけじゃない。君はそうじゃないだろうけど」

「なんでおまえにそんなこと言われなくちゃならない」

自分でも驚くほど低い声が出た。

オレが牧野に関わろうが関わるまいが、透には関係ないことだ。いくら友達とはいえ、しょせん「オトモダチ」でしかない。牧野の交友関係にまで口出しするのは、おまえの我儘《わがまま》じゃないのか？　牧野はどうしてこいつの独占欲を許してきたんだろう。

「君が、僕への腹いせで彼女を抱いたからだ」

「それは！」

「違うとは言わせない。僕にすすめられたのが癪《しゃく》だったんだ。咲希ちゃんを手玉にとるのは簡単だったろう？　あの子は今ものすごく苦しんでいる。もう放ってはおけない。でも僕も同罪だ。君を彼女にけしかけたからね。僕はその責任をとるよ」

感情を押し殺した声でそう言うと、透は静かに椅子から立ち上がって部屋を出ていった。殴ってもおかしくない空気を滲《にじ》ませながらも、終始冷静に語っていた様子から、透にとって牧野がどんな存在か改めて思い知らされる。

その日から、牧野へのメールも電話も届かなくなった。拒否されたことにはすぐ気がついた。

でもオレはそれに対してどう行動を起こせばいいかわからずにいた。

透が知らないあいつを知りたい。それが興味か好奇心か憤《いきどお》りか、それともあいつの言う通り、腹いせなのか確かめられないまま、曖昧《あいまい》でリスクの高い関係を保ち続けた。

「ヒトバンダケノアヤマチ」ですんだはずのものを積み重ねて。

透の思惑通りに動くのが、ものすごく癪《しゃく》だったから。

牧野咲希に惹かれているなんて認められなかった。

彼女の心にはずっとおまえが棲《す》んでいるのに。

手の中に残ったコーヒーの缶をぎゅっと握る。飲み終えた空き缶を投げたい。でもそれができない。オレはその程度の男でしかないのだろう。

＊　＊　＊

着信拒否をして以来、今宮からのアプローチはない。彼も私が避けていることはわかっているだろうし、逃げる女を追うほど困ってもいないのだから、当然の結果だ。今は庇護《ひご》する相手のことで手いっぱいだろう。

最近は私の部署にまで、今宮と佐々木さんの噂が広まっていた。社内であまり公《おおやけ》に付き合いを公表しなかった彼が、彼女との関係は訂正しなかった。透に次《つ》いで今宮までとられて、狙っていた女豹《めひょう》たちは慌てふためいているとかいないとか。

うん、まあ今宮とはベッドをともにしたけど、最後まではしていないし（言い訳?）。それだけの関係だったし。

「イケメンは嫌いでしょう？　咲希」

窓ガラスに向かって小さく呟く。

私が今いるのは、会社から徒歩圏内の距離にあるファッションビルのレストランフロアだ。

このビルにはＯＬ向けのファッションブランドとかこだわりのあるレストランとか、センスのいいセレクト雑貨のテナントなんかが入っている。フロアには、ゆったりとしたソファが設置されていて、私はここで透と待ち合わせをしていた。

目の前に広がるのはビルの大群。高層階から見下ろせばイルミネーションの綺麗な街並みが見られるんだろうけれど、中途半端な高さからはおがめない。林立《りんりつ》するそれらが纏《まと》うのは暗い陰。遠くを見渡すこともできず、歪《いびつ》な形でしか空も見えず、明かりさえ薄汚れて見えた。

ガラス窓から少し距離を置くと、そこには薄暗い背景に派手な女がうつっていた。

くるりと巻いた髪。裾《すそ》にレースがついた甘めのスカートに、胸元が少し開いているブラウス。ヒールの細いパンプスに小ぶりのバッグ。おしゃれでかわいいと思ってくれる男もいれば、こういう派手さや華やかさが媚《こび》を売っているととらえる男もいる。

たとえば、透とか今宮とか。

派手な女を嫌がる男たちは、女の本質を見抜いているのだろう。だから、笑顔ひとつで男を惹きつけてしまうテンネンちゃんのような子を見つけ出すことができる。

私はたぶんその真逆だ。軽くて簡単にオチそうだから、遊び相手にはもってこい。でも私は、自分を着飾ることにプライドを持っている。

だって着飾ることを放棄すれば、地味で目立たないその他大勢の女にしかなれないのだから。

今宮に、暇つぶし程度の相手と思われても平気でしょう?

「透、遅いなあ」

私は腕時計を見てぼやいた。透が私を待たせることは滅多にない。仕事で遅れる旨《むね》のメールが届いたけれど、その予定時刻も少し過ぎている。

今夜は透が紹介してくれる男性と会う予定なのだ。

透から男の人を紹介されるのは初めて。

今宮からの誘いを断れずに、ずるずると体だけの関係を続けた。そうしてしまった理由を深く考えたくないから会うことを承諾した。

今宮を好きになったわけじゃない。私の中にはきっとずっと透がいるし、もう透を超える男なんていない気もしている。ただ透の結婚が決まってから、ぽっかり空《あ》いてしまった胸の中にあいつが入り込んできただけだ。

なのに、私の肌はあいつが辿《たど》った指先を覚えている。優しく頭を撫でる感触を、キスを。激しく追い詰めながら最後には必ず抱きしめて眠ってくれることも。

らしくなく私を甘やかそうとするそれは、どんな意図が隠されていたにしろ確かに心を少し軽くしてくれた。

だから今宮が本命の相手に出会えたのなら、祝ってやらなきゃ。

窓から見た濃い青色の空のスペースはわずかで、夜空に星はひとつも見えなかった。

＊　＊　＊

オレは会社を出ると、通じる宛てのないアドレスを表示しながら歩いた。少し前まで金曜の夜は、ほとんど牧野と一緒に過ごしていた。

透の知らない牧野を知っているという優越感が焦燥《しょうそう》に変わるのに、そう時間はかからなかったと思う。

仕事が忙しくなってきたのが、一番のきっかけだった。仕事を頼むこともなくなったから、顔を合わせることもない。だからオレが誘わなければ、牧野との接点などない。最初は、オレ達は肉体関係を持ってしまったのだから、仕事場でまで親しくする必要はないと判断した。

けれど本当は、ただ単にこれ以上いろんな牧野を見つけてしまうのが嫌になっただけだ。

透の知らない牧野を見たい欲求によって、素の彼女をいとも簡単に探し出せる。

昔は透の傍でしか見られなかったものをふいに見つける。

オレが見つけてしまうのか、牧野が見せるようになったのかわからない。ただそんな彼女を見ると、心がざわついてたまらなかった。

他の男の前で、そんな表情を晒《さら》さないでほしい。

ベッドの中でしか見せないあどけなさ。嫌味のない、高くてかわいらしい声。嫌と言いながらも素直に反応する体。気の強さの中に隠れた彼女の隙《すき》。

誰にも見せたくない、渡したくない。

それはお気に入りのおもちゃを見つけたときの感覚にものすごく似ていて、男の独占欲を刺激する。

けしかけられたという状況も、牧野にはしっかり透が根づいている現実もわかっていながら踏み込んだのに、ミイラ取りがミイラになった自分自身の馬鹿さ加減に頭にきた。だから連絡がとれなくなった牧野を放置していた。

このままただの同僚に戻れば、今ある苛立ちや焦燥《しょうそう》を感じなくてすむはずだと言い聞かせて、手にした携帯をしまう。

ただの好奇心や興味本位の範疇《はんちゅう》を超えた感情になっても、会いたいと思うことも抱きたいと思うことも素直に認められない。

足早に歩いていると、「早すぎるよ今宮くん!」と文句を言いながら、後ろをついてくる牧野が思い浮かぶ。わざと手をつなごうとすれば、頬を赤く染めて振り払ってくる。「なんで私があんたと食事なんか」、とぶつぶつ文句を言うくせに、食べ物を前にすると「美味しい」とはしゃぐ。

夏井さんが牧野のことを「かわいい」と言っていた意味がようやくわかりはじめた。

ブルルッと携帯が震えて取り出すと、相手はタイミングのいいことにその夏井さんだった。

「今宮さん! 大変です! 透さんがっ……牧野さんにっ! 今宮さん、助けてくださいいっ。牧野さんがやられちゃいます。妊娠させられちゃいます! 私、嫌ですー」

いきなりの大声に耳から携帯を離す。夏井さんはえぐっえぐっと泣きながら、電話の向こうで「牧野さんがあ」と叫び続けていた。

「夏井さん? 落ち着いて。牧野がどうした?」

「透さんが従兄弟《いとこ》を牧野さんに紹介するって言ってて、私、反対したんです! その人、透さん以上にタチ悪くて腹黒で、そのうえものすごく牧野さんがタイプなんです。私、大好きな牧野さんが毒牙《どくが》にかかるなんて嫌です。今宮さん、阻止してください!」

夏井さんはぐずりつつも、ゆっくりとなんとか状況を説明する。色々透のことをよくわかっていたんだな、この子。そう思うと同時に、彼女が嫌がる透の従兄弟が本当にやばい男なんじゃないかと心配になってくる。

「本当は私が邪魔しに行きたい、んです、けど。でも、透さんのせいで、私、外に出られなくて。携帯もやっと見つけて!!」

うぐっうぐっと声が聞こえてきて、オレはむしろ彼女が心配になった。

「夏井さん……大丈夫なのか？」

「うう、大丈夫じゃないけど、大丈夫です。でも私は助けに行けないので、今宮さんお願いしますー」

なんだかよくわからなかったが、夏井さんが大丈夫だと言うのなら、オレは牧野のところへ行くしかない。

確かに透には別の男を牧野に紹介すると宣言されていた。透が牧野の相手として許したのは従兄弟ってことか。あいつはいつまで牧野を縛りつけるつもりなんだ！

「けしかけたのはおまえだ！　透」

認められないとか心の中にはまだ透がいるとか、そんなことをうだうだ考えていたら、オレはもう二度と牧野を手にすることはできない。

夏井さんから待ち合わせの場所を聞くと、オレはすぐにそこに向かった。

＊＊＊

窓ガラスに寄りかかって立っているのが、なんだかつらくなってきた。それほど高いヒールの靴を選んだわけじゃないのにな。とりあえず、空《あ》いた椅子にでも座って休もうとソファへ向かおうとしたときだった。

「牧野……透は」

グイッと肩を掴まれて、私は振り返る。

「い、ま宮？」

「透はまだか？」

はあっはあっと肩で息をして、今宮が私の両肩を押さえている。額に浮かんだ汗を拭《ぬぐ》うと、彼は辺りを見回して私の腕を掴んだ。いきなり歩き出した今宮に、私は引きずられる形になる。

「ちょっと！　なんでここにあんたがいるの？　私は透と待ち合わせしてるんだってば！」

振り払おうと腕を上げたのに、それは叶わなかった。上から厳しい視線が投げかけられて、固まってしまったからだ。

こっ、怖いよー、こいつ。なんでこんなに怒ってんのよ！

「透に男、紹介してもらうって？」

「……そうだけど」

ごまかせなくて私は素直に言った。だって本当にこの男、怖いんだもん！　あの、周囲には人がちらほらいますよ。ほらあんた目立つから。場合によっては、警備員さんに連れていかれちゃうかもよ。

今宮はすうっと目を細めたあと、もう片方の手を私の腰に回した。ぐいっと体が密着して、私は否応《いやおう》なしに見上げざるを得ない。綺麗な顔立ちはすごむと迫力がありますねえ、なんてそんなこと考えてる場合じゃないけど！

「おまえは、他の男にも透にも渡さない」

言葉の意味を理解するより早く、すっと私の顔に影が落ちる。今宮の低い囁《ささや》きと、私の腰を掴む大きな手。伏せられた目が少しずつ近づく。何を言われたのか何をされようとしているのかなんとなくわかったけれど、現実感がない。

ただ、今宮の大きさとか体温とか匂いとかが、ふわりとシャボン玉のように私を包み込むのはわかった。外界のわずらわしさから遠ざけようとするように。ここがどこだとか、すぐ傍に人がいることとか、全てうやむやにして。

「朝陽！　咲希ちゃん！」

唇が重なりかけたとき、透の声が大きく響いた。頭上からちっと舌打ちが聞こえる。

「牧野逃げるぞ。透が紹介する奴なんてロクな男じゃない。オレにしろ！」

ぐいっと腕をひいて駆けだす今宮に、私も引きずられる。ちらりと後ろを見ると、透と知らない男性が立っているのが見えた。もつれそうになる足をなんとか動かして、私は今宮を見上げた。その目に宿《やど》るのは滾《たぎ》る熱。勘違いしそうなほどの感情を伝えてくる熱を感じて、心臓がドキンと鳴る。

「透！　ごめん！」

自分で発した言葉が信じられなかった。

でも透の耳にも、当然今宮の耳にも届いたと思う。力強い手が私の腕を引いて、それが手に滑《すべ》り落ちる。指を絡めて込められた強さと同じものを返して、今宮に導かれるまま走る。

壁面のガラスにそって駆け、エレベーターに乗り込むと、ヒールで走った足は限界を叫んでよろめいた。とっさに今宮が私を抱き上げる。

今宮がここにいることも透から私を連れ去ったことも、私がそれに応じてしまったことも何もかもが非現実的で、二人しかいない空間が歪《ゆが》んで見える。

聞きたいことも言いたいこともたくさんあったはずなのに、言葉が出てこない。その代わり、先程邪魔をされた続きをするみたいに見つめ合い、そっと唇を重ねた。


タクシーに押し込まれても、今宮は手を離してくれなかった。ごつい手首にはシンプルなステンレスの腕時計。そこから視線をゆっくり上げていくと、私を見ていたらしい今宮と目が合った。

今宮はぐいっと私の顔を自分の方へ押しつける。不安定な姿勢でも、ぎゅっと抱きしめられるとなぜか安心した。

「そういう目で見るな……我慢ができなくなる」

耳元で熱い息とともに零《こぼ》された言葉が、ずくんっと腰に響いた。

どうして場所がわかったんだろう。どうして阻止したんだろう。どうしてこいつはこんなふうに私を求めてくるんだろう。

いくつもの疑問が浮かんでくるけど、今宮を拒む気にはならない。

私が連絡を拒否していた意味を、こいつはわかっていたはずなのに。

いつものホテルにタクシーが停まる。部屋に入った途端、電気もつけないままぎゅっと抱きしめられた。もう二度とこんなふうにはされないと思っていたのに。

彼の背中に腕を回す。ああ、今宮だって思った。

私、透から逃げ出しちゃった。ずっと嫌いだった男を選んじゃった。

だって私は気づき始めている。この手は私を淫《みだ》らにするけれど、最後は優しく守ろうとする手だってことを。

背伸びをして必死に口を開けた。口の中で動く舌を全て受け止めて、自《みずか》ら絡める。いつも受け身だったから、どう動かせばしっくりくるのかわからない。酸欠になりそうなくらい探り合う。

今宮は私の髪の間に指を埋《うず》めて、強い力で固定する。私にはかすかな逃げ場さえなくなった。

「んっ」

唾液を呑み込むこともできず、濡れた感触が唇を這う。綺麗に塗った口紅を唇で落とすみたいになぞられているのだ。壁際に押しつけられて、卑猥《ひわい》な音をたてて激しいキスをかわしたまま、今宮の手は私の体をまさぐっていた。

その動きだけでこいつの余裕のなさが伝わってくる。次第に、私の体も熱くなってくる。ここはドアの傍なのに、拒否の言葉が出てこない。

気がつけば、ブラウスのボタンが外されて、ブラが胸元で浮いていた。カップからはみだした先端に、今宮はついばむようにキスをしながら床に膝《ひざ》をつく。腰に触れた手がスカートを落とすと、今宮はいきなり下着の隙間《すきま》から指を入れてきた。

ごまかしようのない水音が私の耳にも届いた。くちゅくちゅって濡れた音。

まだキスしかしていないのに感じていることを露《あら》わにされて、恥ずかしくてたまらない。

逃げようと体を動かした瞬間、体のどこかがスイッチに当たって、パッと明かりがついた。

「やあっ」

目の前のクローゼットの鏡に映っていたのは、いやらしい女の姿。唾液で濡れた唇の周りに張りついた髪。つんと尖《とが》った胸の先端に白い谷間。手首のところで、もたついたままのブラウスの袖。男の指が入りこんだ下着。私が声を上げたことで、今宮も私の視線に気づいた。濡れた自分の唇を乱暴に拭《ぬぐ》ったあと、意地悪そうに目を細めた。

気づかれた！　私がものすごく恥ずかしい思いをしているって絶対気づかれた。

「かわいい……牧野」

おまえが言うなー。あんたが言うと、女はコロッてオチるよ。

今宮は立ち上がると、私の手首からブラもブラウスも引き抜いて背後にまわる。

私はパンプスと下着をつけただけの姿。一方、今宮は何ひとつ乱れていない。

こいつが何をしようとしているかわかる。いやらしいことを考えている目だもん。

「やだっ、せめてベッドに連れて行ってよ！」

私は必死にうつむいてぎゅうっと目を閉じる。逃げ出そうと体をよじるけれど、背後から羽交い締めにされているからどうしようもない。

や、せめて靴脱ぎたい!!

片方の手はおへその方から下着の中に指を入れて、もう片方は胸を掴んで先端を刺激する。さっきは激しかったけれど、今触れる指は繊細に動いている。手で胸をやわやわとさすり、指ではさんで先をこする。下着の中で上下に動く指は、中から溢れるものを周囲に塗りつけて、敏感な場所を小刻みに揺らした。

「んんっ」

力が抜ける私を、今宮が腕で支える。声を押し殺しても、感じていることはこいつの指にきちんと伝わっている。だって自分でもわかるもん。

「牧野……鏡、見て」

言うと思った！　絶対言うと思った。

「やだ！　やだ！　やだあっ、あんっ」

私の抵抗を責めるように、指がおしおきをしてくる。普段なら抑えられる声が抑えられない。自分の卑猥《ひわい》な姿を一瞬でも見ているせいか、奴が何を見ているか想像できる。今宮は胸に触れていた手を私の口の中に突っ込んで、そのまま顎《あご》を上げさせた。下を触っているのと同じような指の動きで、私の上と下、両方の中を犯す。

「目、開けて、見ろよ」

「んっ、んっ」

口が閉じられないせいで、唾液があとからどんどん流れてくる。噛みついてやりたいのに舌をつつかれてできない。ついでに下の方も、じゅぐじゅぐと音がしている。数本入った指が中でばらばらに動くと同時に、親指の付け根が小さく勃起している芽を小刻みにこする。

やっ、それ、やだ。

「咲希。目、開けろ」

反則だー、今、名前呼ぶの!?　そんな愛しげに、いやらしく呼ぶの!?

「ものすごくかわいいから見ろよ。でないとイかせない」

目を開けたって、涙でぼやけている。

そこには、今宮に背後から抱きしめられて口に指を入れられて唾液を零《こぼ》し、胸をぷわんと揺らしながら恍惚《こうこつ》とした表情を浮かべる女が映っていた。瞬間、今宮はご褒美《ほうび》とばかりに、すでに知り尽くしている私のイイところを弾く。

イったせいで腰が抜けた私から、奴はすかさず下着を抜いた。そのまま、私の両足を開く。

もう、マジで、こいつ変態だ。もう鏡を見ろとは強制されないけれど、あいつは鏡を見ながら私の中を触っている。

指で大きくあそこを広げては中に入れたり、外をなぶったり、私は首をあげてただ喘《あえ》ぐしかない。

時折廊下で人の話し声が聞こえると、ドアは開かないとわかっているのにびくっと震える。

ベッドでやろうよ。この姿勢きついよ。でもイきっぱなしなので反論する元気はない。

さっきから、くぷくぷといやらしいものがどんどん出て行くのがわかる。ここだけ染みになりそうだよ。おしりにはものすごく昂《たか》ぶった奴のものが当たるのに、こいつは私をイかせることに夢中だ。

やっぱり挿《い》れないのかな、今日も。本当の意味で体を重ねられないのかな。

さっきから、咲希って名前呼ぶけど。わかんないよ、もう。

イきすぎて、また軽く意識が飛んだ。

「大丈夫か？」

ふいに、背中にやわらかなベッドの感触。今宮ももう全裸になっている。ああ、やっとベッドに連れてきてもらえたんだとほっとする。

恋人にはしないような激しいことも、ただのセックスの相手にならできるんだろう。私は恋人としか関係がなかったから、ノーマルなセックスしか知らない。潔癖だと思っていた私を解放するようなセックスの経験はないのだ。

「咲希？」

もう耳元で名前を呼ばれるだけで感じちゃうよ。なんでこんな淫乱《いんらん》になった、私‼

欲しいものが与えられていないせいで、ずっと私の中は涙を流している。

欲しい——そんな欲求が湧き上がってきて、いっそはしたなくねだってしまいたくなる。羞恥《しゅうち》と欲望の波が交互に押し寄せて体が震えた。

「今日も挿《い》れないの？」

挿《い》れてほしいとも聞こえるような言葉を、この男相手に言う羽目《はめ》になるなんて。

今宮は私の髪を優しく撫でる。親指で下唇をそっとなぞったあと、掌《てのひら》が首から肩、胸の上をかすって足の間へと滑《すべ》っていった。

「挿《い》れたらたぶん抑えがきかなくなる。それでもいいか？」

はっ？　これでも抑えていたの？　あんなにいやらしいことしておいてセーブしていたって言うの？

私の表情を読んだのか、今宮はにやりと笑うと、すっと指を私の中に入れた。なんとか声は抑えても、びくりとそこが震えて音が響く。泉はこんこんと湧き出て、引いていた熱があっけなく灯《とも》される。

「挿《い》れてほしいなら望めってそう教えたろう？　オレを欲しがれ、咲希」

切望するってこういうことなんだろうか。そう感じるほど今宮は切なげに声をかすれさせている。それだけで首筋が震えるように疼《うず》く。いつか声だけでイかせられるかもしれない。

こくんと唾液を呑み込む。

今宮を欲しがる？　私が？

単調に出し入れされていた指がくるりと動く。羽がかすめるように繊細に膨《ふく》らんだ場所を撫でる。何度もイかされたその場所は、覚えのいい生徒みたいに簡単に反応してしまう。これまでの激しさから一転したゆっくりすぎる動きに、自分の内側が開かれていくのがわかった。

勝手に涙が零《こぼ》れた。恥ずかしくて恥ずかしくてたまらないのに、私の体は激しい刺激を求めている。

中に溢れてたまっていたものが、こぽりと隙間《すきま》から落ちたのがわかった。

背中にぴんと糸が張られて、足先まで力が入っていく。

「やっ、あんんっ！」

「咲希、求めろ、オレを」

イくっ……！　こんなに露《あら》わに、今宮にイくところを見られる。そう思っただけで体は欲望に忠実になった。

「やああっ、挿《い》れて！　いまみやぁ」

こいつの求めに応じて、私は自《みずか》ら今宮を欲しがった。

＊＊＊

頬を真っ赤に染めて、泣きながら首を左右に振る。オレに導かれて素直にイきそうになる咲希の目は、たまらなく淫《みだ》らでいやらしかった。舌を覗《のぞ》かせる口が、声を出せなくて震える喉《のど》が、絶対にこいつが口にしないだろう言葉を吐き出す。

オレも限界で、挿《い》れた瞬間引きずられそうになった。

「きついよぉ」

どうしてこの女は、こういうときだけ舌ったらずな口調になるのか。わざとじゃないとわかっているから余計に言わせたくなる。きついのはむしろオレの方だと言いたかったけれど、初めての彼女の中は、そんな余裕をオレから失わせた。

挿《い》れたら抑えられなくなる——その言葉通りに、うまく自分をコントロールできない。存分にイかせ続けた自覚はあったけれど、それで自分の首をしめることになるとは思わなかった。

咲希の中はいい具合にむくんで、あたたかくオレを包みこむ。声を出すのが嫌なのか両手で口元を覆《おお》うので、その手を強引に引き離した。

高い声が断続的に響いて心地よく耳に届く。元から少し高めの声は、こんなときものすごくかわいい。

「マジでおまえ最悪」

「……嫌なら、やめ、ってよっ」

まだ言い返す元気があったらしい。それでもなんとなく傷ついた目をしているから耳の傍に口を寄せた。

「嫌だなんて言っていない。むしろイイよ、おまえ。すごく気持ちいい」

ふうっと息を吹きかけて、やわらかい耳たぶを噛んだ。咲希はぴくりと震えてぎゅっと中をしめつけてくる。

耐えてきたんだけどなあ、これでも。

何度突っ込もうと思ったことか。踏みとどまったのは、まだ逃げ場を作っておきたかったせいだ。知りたいという小さな興味が、だんだんと膨《ふく》らんで「もっと」に変化した。どこかで飽きて、満足するんじゃないかと期待さえしていたのに。

知ってしまえばもう手放せない。

咲希は目じりから涙を落として、必死にシーツを掴む。オレはその手を自分の首にかけて、彼女と上体を密着させた。

「腕まわして。オレに掴まっていろ」

ぼんやりした目がオレを見る。「いいの？」と縋《すが》る甘えた眼差しが庇護《ひご》欲を刺激した。

肌に触れるだけだった手にぎゅっと力が入る。そんな仕草にさえ求められていると勘違いしたくなるほど、オレは望んでいるのだ。

透じゃなくオレを選べ、と。

初めての中をもっとじっくり味わいたいのに、そこはオレにぎゅっと圧を与えて、足りないものをしぼりとろうと蠢《うごめ》く。彼女が気持ちがいいと思える場所に先端を当てて、痛みに変わらないギリギリのところに入り込んだ。咲希の細めた目の端から涙が零《こぼ》れる。

薄い膜ごしに彼女の中に放出したあと、いつかはそのまま奥に……と一瞬考えた自分の思考にびっくりした。

腕の中で震える彼女を抱きしめ、頬に伝《つた》う水滴を舌で拭《ぬぐ》った。他の男のために悲痛な声で泣かれるより、オレの腕の中でこんなふうに泣かれる方がよっぽどいい。そう思った。

＊＊＊

一度は出て行ったと思った。これで終わりだよね、と力を抜いた途端、再び私の中に入ってきた。私は驚く間もなく喘《あえ》がされている。ああいういやらしい声は、演技でしか出ないものだと思っていた。でもごめんなさい。本当にわけがわからなくなると、声って勝手に出るものなんですねー、私知らなかったです。

だからって、決して出したいわけではない。

「んんっ、もおっ、やだっ」

唇を結んでおきたいのに、すぐに開いてしまう。吐き出す息でごまかそうとしても、高くかすれた声になってますますいやらしく耳に届く。

これまで最後までしなかったのは、正解だったかもしれない。こんなに追い詰められたら、おかしくなってしまう。

「考え事か？　余裕だな」

違う、考え事なんかしてないよ！

もちろんそんな心の声は届かず、今宮は私の口を塞《ふさ》いできた。キスというよりまさしく塞《ふさ》ぐという感じで、舌が激しく私の口の中で蠢《うごめ》いていた。絡めて舐めて、舌の付け根をきつくとらえる。

腰のゆるやかな動きに物足りなさを覚えて、私の奥は勝手に引きしぼろうとしている。

今まで食べられなくて我慢していたんだから、思う存分食べさせてと言っているみたいだ。なんて貪欲《どんよく》な！

「足りない？　すごく動いている」

言うな！　そんなこと気がついたって言葉にしないで。まるで私が淫乱《いんらん》みたいじゃんか。

否定して首を横に振ると（もう口で反論する元気はない）、今宮の手は私の胸を掴んだ。掌《てのひら》全体で揉みこんで、形を変える。先は痛いほど尖《とが》っていて、指先で挟まれると中から蜜が溢れる。挟んだかと思えば指の腹で小さくこすりあげる。小刻みな動きはますます中を敏感にした。

「カラダは素直だな」

冷静にコメントしてくるこいつが憎らしい！　拒否したいのに、なんでカラダは快楽に流されてしまうんだろう。

最初にされたキスが気持ちよかったせいだ。触れてくる手がいやらしいのに優しかったせいだ。

今宮のことが嫌いでも、されることは嫌じゃなくなってむしろ心地よくて、見えなかったものが見えてくる。

初めて奴自身を受け入れたときは強引に導かれた感じだったけれど、今は余裕があるのか私の中をじっくり探っている。

深く突いては、当てる位置を変え、時に腰を動かして全体を刺激する。

指だけで探られていたときとは比べ物にならないほどの質量で満たされて、私の中は勝手に蠢《うごめ》いている。

胸の先はますます尖《とが》って、はじかれるたびに中は収縮する。そのたびに今宮のモノもなんだか大きくなっている気がした。

繋がった場所からはいやらしい音が絶え間なく響き、その音だけで濡れていくのがわかる。

胸をもてあそんでいた指がツツッとおへそをなぞった。違う場所への刺激に小さく腰が揺れる。

「咲希……気持ちいい？」

甘く名前を呼ばれて、恥ずかしさに反射的に首を横に振ってしまった。

「こんなに濡れているのに？　まだ良くない？」

繋がった場所に近づいた指が、周囲に溢れ出ているものをなぞった。

「んんっ、やぁ」

絡めた蜜がその周囲に塗りたくられて、一番敏感な部分をかすった。強い痺《しび》れが瞬間的に押し寄せる。それは、やだ！　中も外も一緒になんて嫌だ！

「だめ！　そこは、やだよぉ」

「怖くないから、咲希。さっきはオレが先に達したから足りてないだろう？」

「イった、からさっきもちゃんとイったもん。足りてる」

これまでだって、何度もそこはいたぶられてきた。だからどんな風に触れられれば気持ちがいいか覚えている。挿《い》れられる前だって、十分イかされたんだから。

「今度はオレのでイって、咲希」

今宮は私の足を高く上げると、今までの動きが嘘みたいに激しく突いてきた。おしりの穴が丸見えになるほど上げさせられて、奥に奥に入り込もうとしている。

ベッドのスプリングがぎしぎしと音を立てて、同時に出し入れされる場所からも卑猥《ひわい》な音が聞こえてくる。

「ああっ、あん、あん」

もう声を抑えることはできなかった。揺すられるたびに楽器のように歌っている。

隙間《すきま》がすべて埋まる重量感。そこから続く快感の波。

私が声を上げる場所を今宮は執拗《しつよう》に攻める。過呼吸になりそうなほど声を上げ、中を突かれるごとに何度となく軽くイっている。

だってどろどろしたものがおしりの方まで伝《つた》っているし、腕とか肩とか触れられるだけでびくびくしている。もう、全身が敏感になっているのだ。

「やっ、だめっ、そこっ、いまみやあ」

繋がりあった上の部分の小さな芽に、腰を動かす激しさとは対照的な優しい力が加えられる。外側からも押し寄せた痺《しび》れが、私を高く押し上げる。

やだやだそこまで刺激しないで、どっかに飛ばされる！

「朝陽だ。名前を呼べ！　咲希」

「やっ」

「でないとイかせ続ける！」

バカバカバカ!!　鬼畜《きちく》だ、最悪だ、変態だ！

「あ、さひ、朝陽！　やっ、きついよお」

名前、呼んだのに！　やだって言ったのに！　あいつは最後の仕上げとばかりに、小刻みに動かして外も同時に攻め、私は意識を手放した。


「大丈夫か？」

押し当てられた唇から生温《なまぬる》い水が零《こぼ》れる。ほとんどはこくんと喉《のど》に入ったけれど、入らなかった一部が零《こぼ》れ、それさえも朝陽はキスで拭《ぬぐ》いとった。私は反射的に首を横に振る。

大丈夫じゃないから！　もう無理だから、絶対！　これ以上はできないから！

声がかすれて出ないので涙目で訴える。

「悪かった。とりあえず今はしない」

微妙な台詞《セリフ》だったけれど、なんとか伝わったみたいでほっとした。朝陽がぎゅうっと抱きしめてきて、ちょっと落ち込んだようにしゅんとしている。

やだそんな表情してずるい。顔のいい男はこれだから嫌だ！

体中がべたついている気がしたけれど、バスルームに逃げる元気もないので、されるがまま抱きしめられる。私も腕をまわしてぎゅうっとしがみついた。

片腕で頭を支えると、朝陽は私の髪を優しく払う。

いたわるように腕や肩をさするけれど、それにさえ反応する自分の体が嫌だ。

「おまえって素だとかなりつわものだな」

「…………」

声が出ないので、目だけで疑問を投げかける。

「普段のおまえって、たぶんこれを隠すために、あいつがわざとさせていたんだろうな。今ならわかる」

私はわからん、あんたが何を言いたいのか。

「構いたい。いじめたい。いじりたい。泣かせたい。従わせたい」

なんだそれ？　テンネンちゃんへの要望？　あまり嬉しくない言葉の羅列《られつ》ですね。

「そして守りたい。庇《かば》いたい。傍にいたい……か」

すっと指で髪をすく。余韻《よいん》が残った髪先に、くるりんと指を絡めてもてあそばれる。

「素のおまえはそういう対象だ、男にとって。だからあいつはわざとおまえを着飾らせたんだな。周りに埋もれるように。気づかれないように」

あいつって透のことだよね？

朝陽の指先が肩から滑《すべ》り落ちて、私の胸の谷間をさした。

「おまえのここには透がいる。おそらくそれは消えないだろう。あいつがそうなるよう長い時間かけてやってきたんだからな。オレもそれは諦める。でもここにオレのことも入れてくれないか？」

…………

見上げると真面目な朝陽の目があって、真摯《しんし》にそれを願っていることがわかった。私はほんのちょっとためらって目を細める。

入れたくなかったの、本当は。

入ってほしくなかったの。

でもね、もう勝手にあんたは入ってきちゃった。だからね、勝手に入ってきたみたいに、あんたはいつか勝手に出ていくかもしれない。

私はそのとき笑顔で見送れるのかな？　透に「おめでとう」って言ったみたいに、あんたが出ていくとき言えるかな？

そんなことわからない……ただ、いるのは事実だから、私はこくんと頷《うなず》いた。

「も、いる。ここに、あさひ」

かすれた声で言葉にする。

朝陽は優しく――本当に優しく微笑んで、私たちはキスを交わした。表面だけを触れ合わせたシンプルなキスは、優しくて愛しくて少しだけ切なかった。

月曜日、朝陽は仁王《におう》立ちの透に謝罪をさせられていた。私は拉致《らち》された身なので免除ね。あとできっちり説明と誓約をしてもらうからとかなんとか言っていたようだけど、私にはよくわからない。

透からはこっそりと「イケメン、平気になった？」と聞かれたので、「あいつ限定ね」とだけ答えてみた。

あれだけ嫌っていたのにこんな風になるなんて、ちょっと自分がないようで嫌なんだけど、透にごまかしは通じないから。
そうそう訂正ね。
私のキライなもの。
イケメン（一部例外あり）とテンネン。
ということで。

第二章 「スキ」から始まる「恋」

「おまえは誰にも渡さない」

そんなに欲しいものではなくても、他人に盗られそうになると惜しくなる。そんな感情、誰にだってある。だからこんな言葉に深い意味なんてない。

「ここにオレも入れろ」

そう望まれなくても、私の心の中にいつの間にか入りこんできた。

ついでに私の体の中にも。

だからって、体だけの関係から私たちは何か変わったのだろうか。

「土曜まで出張になった」

私は、業務連絡ばりにシンプルなメール画面をじっと見た。土曜日も仕事なんて大変だよねえ、代休きちんと確保できるのかなと考えたところで、「了解」とだけ返信する。

今までが今までだっただけに、いきなりアツアツラブラブカップルになるわけがない。用事もないのにメールはできないし、自分から会いたいなんて言い出すのもなんか癪《しゃく》。いや別に会いたいわけじゃないよ。朝陽と付き合う前は、どうやって過ごしていたっけ？　なんて思っていないよ。

暗くなった画面がいきなり明るくなり、着信音が鳴った。同期の友人、池内七穂《いけうちななほ》からの電話だ。

「咲希？　今大丈夫？」

「うん、大丈夫よ」

「今週末、何か予定ある？」

残念ながら、先ほど用事がないことが確定しました。

「特にないけど」

「だったら空《あ》けといて。あとで時間と場所、メールするから」

「んーいいよ。ごはんでも一緒にできるの？」

七穂にはラブラブな上司の彼氏がいる。金曜日のデートをキャンセルでもされたのかなあ。

「…………とにかくあとでメールするから、現地集合でよろしくね」

「うん？　わかった」

七穂はあっさりと通話を切る。恋人となんかあったのかなあ、相談でもされるんだろうか。それならば、しっかり話を聞いてあげよう。彼氏と別れて落ち込んでいたとき、七穂には慰《なぐさ》めてもらったから。

…………

一瞬朝陽の顔が頭に浮かぶ。七穂とは仕事でもプライベートでも一番の仲良しだ。見た目は女っぽいのに、さっぱりしていて裏がなくて、ものすごく付き合いやすい。私は透狙いの女たちに利用された経験があるため、女友達づくりには慎重だ。その点ワイルドな大人の男（注、七穂談）が好みの七穂にとって透は対象外だったから、仲良くなるのに時間はかからなかった。

朝陽とのことを七穂に話せる？

そう自分に問いかけたとき、私は即座にノーの答えを弾き出した。

七穂は私が朝陽を嫌っていたことを知っているし、あいつの噂の相手である彼女とも仕事で接点がある。

そう、実は今現在社内では、今宮朝陽と佐々木ほのかが交際しているという話題でもちきりなのだ。その噂はどうやら彼女を守るためのカムフラージュらしいけれど、そうやって接していくうちに感情が変わる場合があることを私はよく知っている。

透の結婚宣言に恋人との別れ。

そしてそのせいでおかしくなった私に引きずられたかのように、私たちの関係は歪《ゆが》んでしまった。

あいつはイケメンだよ、自他ともに認める、ね。

私を選ばなくても、よりどりみどりだよ。

第一あいつは夏井さんのことを気に入っていた。あの男を本気にさせるのはああいうタイプの子であって、断じて私みたいなのではない！

なんていうか和食好きな男が、ジャンクフードのハンバーガーをたまに食べたくなるみたいなものであって、数日後に気持ちが変わったって責められないよね？

「咲希ちゃん！」

ぽんっと軽く肩を叩かれて振り返れば、そこにいたのは透。相変わらず、王子のオーラを放っている。職場でも爽《さわ》やかさを忘れず、なおかつ私を安心させる存在だ。

「透」

「よかったここで会えて。咲希ちゃん、今週の金曜日空《あ》いている？　久しぶりに食事でもどうかな」

透と食事!!　この場合、大抵透の奢《おご》り。珍しくて美味しいお店に連れて行ってもらえること間違いなし。行きたい！　行きたい！　でもその興奮は心の中でおさめる。透はもう他人のものなんだから。

それに、私には女友達との夕食という先約がすでにある。

「ごめん。予定入ってる」

「どんな予定？」

透はにっこり微笑み、突っ込んで聞いてくる。あれれ？　珍しいぞ。こういうときの透への対応は、間違えない方がいい。

これまでの長い付き合いで、私も透の人当たりの良いにこやかな表情の下に隠れているブラックなものには気づいている。私はそれを呼び覚まさないように気をつけるけれど、テンネンちゃんはうまくできないらしい。

今の私に後ろ暗いところはないよー。

「七穂と一緒にごはんだよ」

「…………池内さん？　本当に？」

どうしたんだろう。「あれ？　僕のカンはずれちゃったかな」とかなんとかかんとか、ぶつぶつ言っているけど。

「彼女以外にも誰か来るの？」

「？　二人だよ」

私が首をかしげると、同じように透も首をかしげた。透はそのまま口元に手を当ててしばし考えたあと、にっこりと笑う。なんで今、微妙に体感温度が下がった気がしたんだろう。

「最近金曜はいつも咲希ちゃんを朝陽にとられていたから、出張中なら確保できると思っていたんだけど……残念だな」

これは……どう深読みすべきなんだろうか。朝陽とのことを僕はきちんと知っているよと言いたいだけなのか、出張中だからと羽目《はめ》を外すなと言いたいのか……うーん、よくわからない。

とりあえずにっこり笑って、「ごめんね。また誘ってね」と答えて、透とは別れた。


そして、金曜の夜。

なにこれ、なにコレ、ナニコレー!!

横目で隣に座る七穂を見たけれど、この女は私と目を合わせようとしない。

「たまにはいいでしょうー。社内の人との交流を深めるのも大事よ♪　咲希はなかなかそういうのに参加しないからぁ」

棒読み口調。七穂には上司の恋人がいるけれど、あまり公《おおやけ》にしてはいないから、まあフリーの振りは可能なんだけど。

今の七穂は、いつもより濃いアイメイクに、珍しくさらっと下ろした黒い髪。体のラインが露《あら》わな黒いカットソーに気持ち短めの赤いスカート。

うーん、恋人となんかあったんだろうなあ。喧嘩《けんか》の腹いせかな？

でもそれに引きずり込まれた私は……まずい気がしないでもない。

社内交流会ねえ、うまいこと銘打《めいう》っているけれど、これはまさしく「合コン」だ。それはよしとして……

なんで相手の男たちがピチピチの年下なのよー!!

私たちの年齢――二十七歳は確かに微妙だ。同期は恋人や婚約者なんかがいる人が多いし、年上は既婚者ばかり。そうなると「狙うは年下」という理論になるのはわかるけど。

若すぎだろー。

女性側は誰が集めてきたのか、同期オンリーではないものの、私と同世代。一方男性側は年下ばかりだ。

先ほどの自己紹介では部署もばらばらだったので、何の繋がりなのかよくわからない。寄せ集めただけなのかもしれない。

でも、もう一度言う。これは「合コン」だ。

透は社外の合コンに参加することに対して何か言ってくることはなかった。けれど社内の合コンは別だ。その区別がどこにあるのかわからないけれど、「行くの？　咲希ちゃん……」としゅんとされることが多々あった。珍しく金曜日に誘ってきたのは、もしかして何か感づいていたから？

……私、嘘ついていないもん。知らなかっただけだもん。

黒いタイルの床にガラスのテーブル。全体的に店内は薄暗くてシックで、雰囲気としてはなかなかいい。黄色いペンダントライトがぼんやり照らしているだけなので、互いの表情ははっきりとまでは見えない。

乾杯と自己紹介までは笑顔を貼りつけて付き合ったけれど、部署も名前も覚えられるはずもなく、どんどん運ばれてくる料理を食べることにまず集中する。隣では七穂がビールのグラスをすでに空《あ》け、二杯目を頼んでいた。

ペース、はやっ！

とても楽しそうにされている方が若干名いらしたので、会話の主導を他人に任せ、私は少しでも飲むペースをゆるめさせようと七穂に話しかけた。

「七穂、あんたこんなところに来て大丈夫なの？」

そっとビールのグラスを遠くに離してから、耳打ちする。私を振り返る七穂の目はすでに据わっていた。

「明日お見合いするんだって。取引先のお偉いさんの紹介でどうしても断れないらしくて、会うだけだからーとか言ってんの」

ああ、それで。

確かに七穂の彼は三十代前半で、結婚を勧めたくなる年齢でもあるし、優良物件でもある。この年下男子を相手にした合コンは、年上である彼へのあてつけなんだろうか。

「咲希もさあ、今度はタイプの違う男にしようって言っていたでしょう？　フリーなんだから、積極的に出会いを探さないと、私たちタイムリミット近いんだからね。年下もいいらしいわよお、若いしかわいいし逆らわないし素直だし」

「いや、それ人によるから。それに……」

微妙な関係の同期の男がいてですね、なんて続けられるはずはない。

メイクが濃いのは、泣いて腫《は》れた目をごまかすためかな。七穂は飲むばかりで、何も食べていない。食欲ないのに、来たくもない合コンに来るほどショックだったんだよね。

私は通りかかった店員さんにウーロン茶を注文した。七穂はお酒は強くない。もう少ししたら、こっそりウーロン茶とすりかえよう。今夜は七穂を無事に連れ帰るのが私の使命だ。

私は最初の一杯だけを飲み干すと、そのあとはカクテルと言ってごまかせるようなジュースだけを飲むことにした。

年下男子たちは、基本的に私たちには敬語で話しかけてくる。その影響か、女性陣は普段は大人しそうな人でもお姉さん風を吹かせた口調となり、お酒のせいもあって説教に突入した人もいて、見ている分には面白かった。接点のない部署の話を聞くのも興味深い。

うーん、今までは参加するといえば歓送迎会だけで、情報交換会とか交流会とか同期会とかは避けていたけど、たまにはいいかもねえ。

考えてみれば、そういうときはいつも透との約束が先に入っていて、「ごめんね、無理ー」と返していたっけ。

もしかして、ずっと阻止されていたんだろうか……ちょっと怖い考えが浮かんで、慌ててかきけした。

七穂が「トイレ行ってくる」と言って、椅子から立ち上がる。一応ウーロン茶やジュースに替えたから、気分が悪いとかはなさそうだ。そして今のうちとばかりに、私は携帯を取り出した。

七穂の彼の連絡先は私も知っている。七穂はバイブに気づいても、見ることなくすぐにバッグにしまったから、彼からは連絡がきているのだと思う。

私はとりあえず店の名前と、私が一緒なこと、迎えに来られないようなら、私がきちんと連れ帰ることなどをメールした。

「牧野さん」

そう声をかけられて、顔を上げる。「一緒に飲めるなんて嬉しい!」と店に入ってそうそう、一部の女性陣から言われていた男の子だ。だが、ごめん、名前は覚えていない。

「海藤《かいとう》です。海藤雅空《がく》、お会いできて嬉しいです。今夜は牧野さんが来るって聞いて参加を決めたのに、なかなかお話しできなくて」

覚えていないことを察したらしく、自己紹介をいただきました。

「隣いいですか?」と聞かれ「七穂が戻ってくるからだめ」と言おうとしたのに、トイレから戻った七穂は別の席に座っていやがった。そしてあろうことか七穂は彼に「どうぞー」と席を勧めてしまったのだ。目がにやにやしている。

どうやら席替え状態になっているようだ。

七穂が座っていた場所に腰を下ろして、海藤くんは私ににこっと笑いかけた。あるはずもない耳としっぽが見える。背は高いのに童顔だから、大学生だと聞かされても違和感はない。お姉さま方が騒ぐのがわかるぐらい顔だちは整っているけれど、雰囲気がやわらかいせいか親しみを感じる。

「牧野さんは僕のことをご存じでないでしょうけれど、入社してすぐの頃、あなたにミスをフォローしてもらったことがあるんです」

私はにへらと笑みを貼りつけたまま首を傾《かたむ》けて、記憶を辿《たど》る。でもごめん、やっぱり思い出せない。

「ごめんね、思い出せなくて」

「いえ、当然です。でもお話しする機会があったら、お礼を言いたかったんです。ありがとうございました」

やわらかそうな髪がふわんと揺れる。

し、新鮮だよー、新鮮!! 年下のかわいさがちょっとわかるかも。

「あー、海藤ずるいっ。オレも牧野さんとお話ししたいー」

海藤くんの後ろから体育会系っぽい男性が現れ、椅子を近づけてきた。どう考えてもいい具合にできあがっているようで、呆然《ぼうぜん》としてしまう。

「牧野さんは、桜井さんとお付き合いしているって本当ですか？」

「馬鹿っ、おまえいきなり何聞いているんだよ！ すみません牧野さん、こいつ酔っぱらっていて」

聞いてきたコよりも海藤くんの方が動揺している。ついでに私もちょびっとムカッときたけれどそれは見せない。だって私、お姉さんだもんね。

「桜井くんとは友人よ」

これまでは「さあ？」と適当に濁《にご》してきたけれど、テンネンちゃんとの結婚宣言以降、一応否定しようと決めていたのでそう答える。

「じゃあ、もしかして今はフリーですか？」

このコ、酔いに任せて、ぐいぐい聞いてくるなあ。海藤くんは彼の頭をはたいて、止めようとしているけれど「なんでだよー、おまえだって知りたかっただろう」とかなんとか言われている。

「牧野さん、答えなくていいですから！　おまえ向こうに行くぞ！　牧野さんを困らせるな!!」

海藤くんは、「オレはまだ話したいんだー」とか叫ぶ彼を連れ出して、代わりにぺこぺこ頭を下げている。あっという間に現れて去って行っちゃったよ。

そうこうしているうちに、七穂の彼からメールが来た。私はこっそりと七穂と自分の荷物をまとめ、顔見知りの子に帰ることを伝え、七穂を連れて店を出ることにした。

「牧野、迷惑かけてすまなかった」

タクシーの傍で立っていたのは、七穂の彼氏だ。あのあと、タクシーで迎えにくると連絡があったのだ。七穂はすぐさまタクシーに押し込まれた。七穂は最初わめいていたけれど、今度は無言を貫くことに決めたようでむすっとしている。「咲希の裏切り者ー」とぼやかれたが、いいよ、いいよ今は、と寛大になってやる。酔っ払いだからね、しょせん。

「七穂、泣かさないでくだいね」

「見合いは断ったから安心していいよ。それより牧野も送るからタクシー乗って」

「いいですよー。私そんなに飲んでないですし、電車で帰れますし」

「いや、確実に連れ帰るように厳命されているから。オレ、あいつを敵にまわすほど馬鹿じゃないからな」

「あいつ？」

「一応、桜井には七穂が内緒で誘ったって、伝えたけど……」

苦虫を噛みつぶしたような彼の表情に、私はぴきっと固まる。ひゅるるーと吹雪が舞った気がした。

「本当に悪かったな、オレらの騒動に巻き込んで」と謝罪されてしまう。そして私も勧められるまま、タクシーで送ってもらうことにした。


月曜日の夕方。

最後のブラインドを下ろし終えれば、本日の業務は終了だ。

――事の起こりはそもそも終業時間間際のヘルプ要請。珍しく他課から会議室の片づけを頼まれて、私は最後の戸締まりと鍵の返却を任されたのだ。

すると突然、部屋の明かりが消えた。

いきなり薄暗くなったから「まだ残っていますー」と言おうとしたのに、その言葉が出ることはなかった。

「今、みやくん？」

朝陽は私の呼びかけにぴくりと眉根を寄せた。その背後でかちゃりと音がする。

……もしかして今、鍵かけた？

つかつかつかっと素早く近づいてきて、朝陽は窓辺にいた私を追い詰める。彼はブラインドをガシャンッとたたくと、私を両腕で囲んで逃がさないようにしてきた。

……これって、今流行《はや》りの壁ドン？　っていうか、なんでこいつこんなに怒っているのー。そう、あまり怒りとかを露《あら》わにしないタイプなのに、最近こいつのこんな目をよく見ている気がする。

心当たりがないわけではなかったので、私はただ彼を見上げることしかできなかった。

この様子から考えるに合コン参加は朝陽にもバレ、ついでにちょっとお怒りのようだ。意外に心の狭い男だなあと思わないでもない。

いや、あれは合コンじゃないよね、社内交流会だよね。

「合コン……って私知らなかったんだけど」

自《みずか》ら申告してみました。

「……そうらしいな。透から聞いた」

「怒っているの？」

「そう見える？」

見えます、見えます！　でも言えないっ！

朝陽が肘《ひじ》を曲げると、ますます私たちの距離は縮まる。彼にしては珍しくネクタイが緩んでいる。

男っぽい匂いと熱を間近で感じ、私はごくりと唾液を呑み込んだ。目を逸らしたいけど逸らせない。

朝陽も私をじっと見つめたまま、顔をかたむけてくる。壁ドンって本当に逃げる術《すべ》がないすばらしい技だと感心してしまう。

近づいてきた顔を避けることもできず、唇を受け止めた……それが間違いでした。

逃れようと後ろに頭を動かそうとしたのを合図に、朝陽は私の後頭部を捕らえ、もう片方の腕を腰にぎゅっとまわしてきた。貪《むさぼ》るようにという言葉通りに、何度も角度を変えて舌を絡め合う。くちゅくちゅとわざと音が立つようにしてくるので、恥ずかしくてたまらない。

押し返す勇気はなくて朝陽のシャツを掴む。そうしていないと足の力がすぐにでも抜けてしまいそうだった。

舌が私の奥へ奥へともぐりこもうとする。何かを探るような動き。上あごの裏をなぞり、頬の裏へ移動する。口を大きく開けられているせいで、呑み込めない涎《よだれ》が端から落ちていくのがわかる。

「んっ、んんっ」

口から唾液が零《こぼ》れるたびに、あそこからも蜜が溢れている気がする。

スカートが足元に落ちて、ようやく私は抗議の声を漏らした。

「今宮！　こんなとこで、何……」

「何してほしい？　咲希」

ようやく離された唇から言葉を吐きだすと、朝陽は卑猥《ひわい》に口元を歪《ゆが》ませる。

私はどうやら対応を間違えたようだ。それを証明するように、朝陽はストッキングと下着を一気に膝《ひざ》下まで下ろした。

「ちょっ、やあっ」

指を一気に中に入れられて、拒否の言葉は喘《あえ》ぎに変わる。こいつのキスはうますぎて、すぐに私をぐちゃぐちゃにする。

「声、抑えないとバレるぞ」

確かにそうだ。もう就業時間は過ぎているけれど、外を人が通らないとは限らない。

私は慌てて両手で口を覆《おお》った。瞬間、朝陽が中を探り出す。膝《ひざ》のところでとどまった下着は足を拘束する役目を果たしている。私は、股にぎゅっと力を入れているせいで余計に感じやすくなっていた。

朝陽の指が引き抜かれるたびに、溢れたものが足の間にまとわりついて冷たい感触を伝える。朝陽は私が体の力を抜くことを許さない。

「やだっ、指外して！」

「なんで？　咲希のココはものすごく喜んでいる」

言われなくてもわかっているよ！

静かすぎる室内には、耳を塞《ふさ》ぎたくなるほどいやらしい音が響いている。

この男がものすごくうまいのか、私は今まで知らなかった自分を発見する。朝陽は動きをほんの少しゆるめると、中に入れる指を二本に増やして、さらに蜜をまとわりつかせた。

「合コンって、知らなかったの！」

「それは聞いた」

「じゃあ、なんで！」

「フリーだなんて、なんで言った？　おまえが透とは友人だって断言したって。じゃあ、オレはおまえにとってなんなんだよ」

私は飲み会のときのあの場面を思い出し……こいつが本当に怒っているのがそこなのだと気づいた。っていうか透と友人だとは言ったけど、フリーだなんて答えてないぞー。

それに「オレはなんなんだよ」なんて聞かれても、私にだってわかんない！

指がすっと中から出ていき、下から上へと撫でる動きに変わる。

蜜をまとわりつかせたそれは、敏感な部分を優しく撫でて、快楽の目覚めを促《うなが》した。無理やり剥《は》ぐのではなく、まだ眠っているものを少しずつ起こそうとするようなゆるやかな動きで。

「こんな場所を触らせているオレは、おまえのなんになるんだよ」

どうして私は拒めないの？　どうしてこいつの自由にさせているの？　気持ちよかったら相手は誰でもよかったの？

朝陽の目の中に迷子の子どもみたいに心細そうな光を見つけて、ずきんって胸が痛んだ。

朝陽の気持ちが見えないことに悩む振りして、自分の気持ちから逃げていたことを見抜かれた気がして。

表面を撫でられて、芽が膨《ふく》らんでいくのがわかる。片方の手は私のブラウスのボタンをひとつひとつ丁寧に外して、カップを下げる。

会社の会議室で、私だけ服を脱がされて肌を晒《さら》している。朝陽は親指で胸の先を押し潰したかと思うと、再び唇を塞《ふさ》いできた。キスと胸への愛撫と膨《ふく》らんだ芽への刺激で、私は軽くイかされた。

＊＊＊

咲希の体が小さく震えて、押し殺した声がキスで塞《ふさ》いだ唇の中に漏れる。

女はイくまでに時間を要する場合が多いけれど、一度イってしまえばそのあとはイきやすくなる。いつもならそのタイミングを逃さずに、すかさず追い詰めるけれど、今は咲希の震えがおさまるまで少し待ってやった。

本当はこんな場所で、ここまでするつもりはなかった。

出張の後処理で忙しくしていて、やっと昼休憩に入ったと思ったら、腹黒王子のご訪問。オレは奴に上階へ呼び出され、うすら寒い冷気を浴びせられた。

「君がここまでヘタレだとは思わなかった」

第一声がそれで、オレはコーヒーの入ったカップを自販機から取り出そうとした手を一瞬止めた。

透は壁にもたれたまま、こちらを睨《にら》んでいる。

「この期《ご》に及《およ》んで、どうして咲希ちゃんをきちんとモノにできないかな？　君ならもっとうまくやると思っていたのに期待外れだ」

やっぱり、咲希がらみか……

透がオレに何を期待しているか知らないが、もう彼女とのことに口出しされたくはない。もうすぐ結婚するんだから、女友達ぐらい放っておけよと言いかけてやめた。そんなことをしたら、ロクでもないことが起きそうだ。オレは今度こそコーヒーを取り出して、ゆっくりと口をつける。ちょうどいい温かさが喉《のど》にしみて、透の冷気をやわらげてくれるような錯覚に陥《おちい》る。

「あいつがどうかしたのか？」

努めて冷静に問いかけると、透も自販機にコインを入れて飲み物のボタンを押す。

「君が出張でいないのをいいことに社内交流会に参加したよ、金曜の夜に」

なんだそりゃ？　社内交流会って……そんなのあったか？

「そのせいで僕は咲希ちゃんに食事を断られた。せっかく咲希ちゃん好みの、いい素材を使う和食のお店を見つけたのに」

この男は咲希がその交流会とやらに参加したことが許せないのか？　それとも誘いを断られたのが嫌なのか？　まあたぶんどっちもだろうけど。

ここまで透がご立腹であるということは、交流会とは名ばかりの合コンだったんだろう。それに関しては確かにオレだっていい気はしない。でもだからって、今更あいつが男漁《あさ》りに行くわけじゃないし、断れない状況でもあったんだろうし、たかが飲み会……だろうし。

言い訳を並べ立てながらも、だんだんむかついてくる。

「咲希ちゃんは合コンだって知らなかったみたいだけどね。女友達と食事に行くつもりだったようだから」

「知らなかったんなら仕方ないだろう」

なんだ、騙《だま》されて参加させられたんなら咲希が望んで行ったわけじゃない。むかついていたものがすっとなくなったのを見抜いたように、透の目線が鋭くなる。

「いいかい？　咲希ちゃんは社内の合コンに参加したんだよ。そこで咲希ちゃんが発言したことはすべて社内に知れ渡ると思った方がいい。君の耳にはまだ入っていないようだけれど、若手連中を中心に、咲希ちゃんがフリーかもしれないなんて憶測が飛び交っている」

……オレは透の言いたいことがよくわからなかった。咲希が知らずに社内交流会に参加した。そこでなぜかあいつがフリーだということになり、それが社内に広まりつつある。それが何だって言うんだ。

透はじゃらじゃら氷の音をさせて、一気に飲み干す。乱暴に口を拭《ぬぐ》うと、「君は本当にわかってない!!」と自販機を叩いて叫んだ。

「あれだけ咲希ちゃんを素に近い状態に変えておいて、よくそのまま放置できるもんだと感心するよ。今の咲希ちゃんを合コンに行かせるなんて、オオカミの群《む》れに羊を放すのと同じぐらい危険なのに。さらに咲希ちゃんは君と恋人同士なのか自信がないときた！　なんせ社内では、君と佐々木さんの噂が流れているんだからね！　君が変な始め方をしたから、本命は彼女で自分はただのセックスの相手でしかないと思っている」

オレとの関係が始まってから、確かに咲希の雰囲気は変わってきた。透が危惧《きぐ》している通り、今まで覆《おお》い隠されていた彼女の素の部分が漏れてきている。

それに周囲の男が気づけば、今まで以上に彼女の周りはうるさくなるだろう。

フリーだなんて噂が広まれば、狙われやすくなることも確実。透の不安はわかる。

「僕が苦心して余計なものを排除してきたのに！　やっぱり僕は間違えた！　君に託《たく》すんじゃなかった。今からでも咲希ちゃんには別の男を考えるから、君は佐々木さんと仲良くしてくれ。じゃあ」

言いたいことだけ言って、透は去っていく。

オレはふうっと息を吐くとすっかり温《ぬる》くなってしまったコーヒーを飲んだ。

恋人同士かどうか自信がないという台詞《セリフ》が胸に沁みる。

「そんなのオレだって同じだ」

始まったときと同様、今でも咲希からの連絡はない。誘うのはいつもオレ。

自宅へ誘っても、のらりくらりとかわされる。付き合い出した女が自分の部屋に来たがるのをどう阻止すべきか考えてきたオレにとって、予想外の対応だった。

ホテルを使うのにも限界がある。互いに一人暮らしなのにラブホに誘うのも違う気がするし。

「オレの部屋に来る？」と誘っても首を横に振る。「おまえのうちに行っていい？」と聞けば、散らかっているから今度ね、とかわされる。

どこか距離のある付き合い方。今までの男ともそうだったのか。それともオレに対してだけなのか。

あいつの中に本当にオレがいるのか、オレも自信がない。

だから「好きだ」とはっきりと気持ちを告げられずにいる。

咲希は仕方なく合コンに参加した。ならば、彼女に罪はない。

けれど透の言った通り、ちらりと聞いた噂がオレの怒りのスイッチを入れた。

「牧野さんと桜井さんはやっぱり友人で、彼女に特定の相手はいないらしい」

そういう話を聞いたあと、咲希は会議室で二人きりになったにもかかわらず、オレの名前を呼ばなかった。


咲希の心の中にオレはいるのか？


オレを見上げる目は潤《うる》み、肌は薄桃色に染まる。イったばかりの咲希は危うげで、このままもう一度イかせて、あられもない声を引き出したくなる。

「おまえにとって、オレが何か答えが出たら、うちに来て」

オレは乱した咲希の服をゆっくり整えてやる。オレが触れるたびにぴくりと震えるので、このまま服を剥《は》いで、突っ込みたい衝動が湧き起こる。

それでも必死に抑えて、オレは自宅のカードキーを咲希に手渡した。

咲希は泣きそうな表情で、カードキーとオレを交互に見る。

「オレはカードがなくても部屋に入れるから心配しなくていい。オレはおまえの気持ちが知りたい。それまでオレから連絡はしない」

ぴくりと指が震えて、大きな目から今にも涙が零《こぼ》れそうだった。

なんだ、透のことだけじゃなく、オレのことでもおまえは泣いてくれるんだな。

透の言う通り、オレたちは体の関係から始まった。

「でも、オレの気持ちはおまえにある。それだけは忘れるな」

髪をはらって頬を包み、オレはそっと唇を押し当てた。唇だけを重ねるキス。でもそのやわらかさも温《ぬく》もりもじんわりと伝わる。そこにいろんな思いを込める。

オレは咲希を残して、会議室を出た。そして、すっかり乾いてしまった指にキスをして、咲希の余韻《よいん》を味わった。

＊　＊　＊

指先で自分の唇に触れる。体の奥にこもっている熱よりさらに熱いものが唇に残された。頬を包む優しい手も、最後に見た寂しそうな目も、穏やかな声もしっかりと身に焼きついている。

ずるずると腰を下ろし、床に座り込んだ。ブラウスの裾《すそ》もきちんとおさめられて、ストッキングのゆるみもない。さっきの出来事が夢のようで、でも頬を濡らす涙と手に押しつけられたカードキーが現実だと教える。

私にとって朝陽は何？　私の気持ちはどこにあるの？

朝陽への想い。それが表面だけのものなのか、深部まで届いて私を侵食していくのかわからない。元カレにだって、こんな深い気持ちを抱いたことはなかった。

「……怖いよ……」

小さく、声を震わせながら言葉を紡《つむ》ぐ。

気持ちが芽吹いていく一方、また振られたらどうしようと弱気になっている私がいる。膝《ひざ》を抱えて縮こまって、誰も好きにならなければ傷つくこともないなんて思っている。

気持ちを伝えてしまえば、一気に加速して止められなくなる予感があるから。

「好きになんてなりたくなかった……」

心の中に浮かぶ否定の言葉。

その時点で手遅れだって、本当はわかっている。硬くて薄いカードキーが唯一、私と朝陽の繋がりになった気がして、ぎゅっと握りしめた。


「あれー、咲希、今からお昼?」

私と同じように白いトレイを持った七穂が近づいてくる。私たちはテーブルに向かい合わせに座った。七穂には交流会の翌日に謝罪された。雨降って地固まるのことわざの通り、彼氏との仲は以前よりも深まったらしい。色々決まったら咲希には一番に報告するねと言われた。しばらくすれば、いいニュースを聞かせてもらえるかもしれない。

七穂のトレイには、三十品目の野菜を使った日替わりランチプレート。これは九つのくぼみのある四角いお皿に、きんぴらごぼうやひじき、肉じゃがの和風のおかずに、雑穀米のご飯と具だくさんの汁ものがついた人気メニュー。ちなみに今日は根菜のお味噌汁だ。

「咲希、ダイエットでもしているの?」

私のトレイにはサラダプレートのみ。大きめのボウル型のガラスのお皿に、レタスやキュウリやトマト、揚げたれんこんスライスやカボチャやさつまいもの甘煮が載っている。さらに、ローストチキンとバターでこんがり焼いた一口大のパンもある。サラダのわりに結構ボリュームあるんだけどね。

「まあ、そんなもん」

必要ないじゃん咲希って言われながら、私は曖昧《あいまい》に笑った。

「そういえば、さっき見た？」

「見た」

やっぱりその話だよね。

うちの社食は一階にあって、受付ロビーの前を通り抜けなければならない。私はちょうど階段を降りている途中でその光景に出くわした。

ありきたりなベージュのセットアップ。少し外側にはねた髪は栗色。

そして、小柄な体の前には大木《たいぼく》。うちによく来る営業の人は、いつも小柄で純朴《じゅんぼく》そうな子を狙う。一時期、透の大事なテンネンちゃんも狙われていたけど、今回のターゲットは子リスちゃん。

午後の業務がはじまった時間帯では、ロビーに人気《ひとけ》はない。受付に立つお姉さんたちも微妙な顔で見ているけど、助けの手は出さない。

子リスちゃんは曖昧《あいまい》な笑みを浮かべて対応。腕を掴まれて、肩を撫でられていた。

あしらえよ、それくらい。

そう思った。

ああいう女は嫌いだ。嫌なら嫌だとはっきり言えばいいのに言わない。人に嫌われるのが嫌な、いい子ちゃん。誰かが助けてくれるとでも思っているのだろうか。

けれど案の定、王子は現れた。エレベーターから慌てて降りてきた奴は、子リスちゃんを後ろに庇《かば》うと、スマートに大木《たいぼく》を追い払った。

小さく震える肩に気がついてそっと乗せられる手。

大丈夫だとでも言っていそうな優しい表情。

今宮朝陽が女の子を庇《かば》う姿は、テンネンちゃんと接しているときにもよく見ていた。

「今宮くんかっこよかったー、颯爽《さっそう》と現れて。私も庇《かば》われてみたいー」

七穂が雑穀米をもぐもぐと食べて、はあっとため息をつく。大事にしてくれる上司の彼氏がいるくせに贅沢《ぜいたく》な言葉を放った。

「一度噂を否定したって言っていたけど、誰にでも冷めている今宮くんがものすごーく気にかけているし。佐々木さんの、あの隠そうとしながらも隠せていない健気《けなげ》で熱い視線に、今宮くんが落ちるのも時間の問題よね」

七穂は、朝陽や佐々木ほのかと部署は違うものの、仕事では接点がある。

なので同じフロアにいる二人をはじめとする周囲の様子に詳しい。この口調だと、七穂は子リスちゃんを気に入っているようだ。

しっかり者で人を見る目のある七穂が気に入っているなんて、侮《あなど》れない、やっぱり。

あの子が朝陽を好きなことなんて、最初に見たときから気づいていた。

それに夏井さんに似た雰囲気の彼女は、朝陽のタイプだろう。あの男はああいうタイプに弱い。周りに群《むら》がる女たちと真逆だから、新鮮なんだろう。

地味でも平凡でも仕事ができなくても、彼女を好きな男がたくさんいる。

つまり、着飾らなくても好かれる要素がたくさんあるってことだ。

ありのままで愛される女。

私なんて着飾っても努力しても好かれないのに。

たとえ好かれたとしても、ありのままの私を見せると去ってしまう。それがどれだけ惨《みじ》めか、テンネンちゃんや子リスちゃんみたいな子にはわからないだろう。

「ま、時間の問題かもね」

ほっこりしたカボチャをフォークで刺す。ほんのりした甘味が優しく口の中に広がって、私はなんだか泣きたくなる。

見慣れた場面。透がテンネンちゃんを庇《かば》う姿を見たときだって、こんな気持ちにはならなかった。なのにどうして、朝陽が子リスちゃんを庇《かば》う姿に、こんなにも動揺してしまうんだろう。

そう、透のときはこんなふうに胸は痛んだりしなかった。傷ついたりしなかった。こんな感情抱いたことなかった。

もし、って思う。

もし、私と朝陽が一線を越えずにいたら、越える前にあの子の指導をすることになっていたら、あいつは子リスちゃんに惹かれていたんじゃないかって。

私は付き合ってきた恋人たちの心変わりを嫌というほど味わってきたから、いつもその可能性を考えている。

私に向いている気持ちが、何をきっかけに変化していくかわからない。すぐ傍にとっさに庇《かば》ってしまうほど心を動かされる存在がいる。テンネンちゃんに似た、一生懸命で健気《けなげ》でかわいらしい子リスちゃんが。

だからやっぱりカードキーは使えない。あいつに自分から会いになんか行けない。どう思っているかなんて伝えられない。

もしも、「好き」と伝えて、拒まれたらどうしたらいいの？

今、この瞬間でさえ、あいつは子リスちゃんにどんどん惹かれているのかもしれないのに。

誰かを好きになると、イイオンナになれるのだと思っていた。そのための努力だってしてきた。傍にいるために、相手にふさわしくあるために、自分に自信を持つために。恋はプラスのエネルギーを与えてくれるものだと思っていた。

でも今の私は、それとは逆だ。

心はどす黒いものに覆《おお》われて、自分がどこにいるかわからず、道も見えない。どろどろと汚れて醜《みにく》くて自信の欠片《かけら》もない感情を「恋」と呼べるのか？

私にはわからないよ……

＊＊＊

佐々木ほのかはごく普通の目立たない女の子で、化粧も必要最低限なら服装も華美さはなく女子力は低い。

仕事もミスも多いし、できるわけじゃない。

けれど人が嫌がることも笑顔で応じるところとか、一度したミスはしないように健気《けなげ》に頑張るところとか、一生懸命オレの指導についてこようとしているところとか……

たぶん関われば関わるほど、いい部分しか目に入らなくなる、そういうタイプだった。

だから周囲に嫌がらせを受けても笑顔を絶やさなかった彼女が、怯《おび》えたような泣き顔をしていることにはすぐに気がついた。明らかに仕事に支障が出るとわかれば、放っておくことはできなかった。

嫌がらないだろう、抵抗されないだろう――そういう空気が滲《にじ》んでいるせいで、目立たないにもかかわらず、彼女は男の目を引きつける。何にも染まっていないような純粋さが、色をつけたいと思わせるのだ。

さらに本人がそれに無自覚。自分が男からそんな目で見られていることにも気づいていないから、無防備で隙《すき》だらけ。そこを突かれる。

しかも、粘着質な男を惹きつけやすい。

携帯に届く、知らない人からの悪意あるメールは、簡単に彼女の心を傷つけた。

「すみませ、ん。ご迷惑、おかけして」

「こんなふうに倒れる前に、オレに相談してほしかった」

不安と恐怖で眠れない日々を過ごしていただろう彼女が、ある日オレの目の前で倒れたのだ。

プライベートで何かあったのだろうと気づいてはいても、それはオレが関与できることじゃなかったから。

救護室に運んで、オレは彼女が抱えているものを聞き出した。

着信拒否を繰り返しても送られてくるメール。その内容はどう考えてもストーカーだとしか思えなかった。

オレの口調がきつかったのか、佐々木さんは肩を震わせて泣き出す。

今日のところはとりあえず警察に相談に行って、彼女を家まで送るしかない。

ノックの音がして、誰かが扉から顔を覗《のぞ》かせる。透だ。

オレが外に出て扉を閉めると、透がオレの手に車のカギをのせた。オレは車で通勤しないので、今日はこいつに借りることにしたのだ。

「佐々木さん大丈夫？　この間も男に絡まれていたって聞いたけど」

「ストーカーの心当たりはないみたいだけどな……最近彼女そういうのが増えたんだよな」

「あーうん、わかるよ。最近ちょっと花が開いてきたっていうか変わってきたからね。なのに慣れていないから、うまく対応できないんだろうな。ああいう子は早めに誰かがついて守ってあげた方がいいんだけど」

透が呆れたようにため息をついた。

「君、気づいてないの？　佐々木さんの変化。あれ、どう考えても君のせいだろう？」

「………………」

余計にわからん。彼女が変わったのが、どうしてオレのせいになる？

透が人目《ひとめ》を気にして、オレを廊下の隅に誘った。一応ついていく。

「莉緒のときも思ったんだけど。君、ああいうタイプの子庇《かば》うのって、無自覚でやっているの？」

「……そういうつもりはない」

確かに夏井さんにしろ佐々木さんにしろ、無意識に助けてしまっていることは認める。

それがちょっと彼女たちを誤解させる原因になっていることも気づいてはいる。だから最近はあまり構わないように、注意していたつもりだった。

けれど今は、男に怯《おび》えている彼女が、唯一オレには信頼を寄せている。それを無視することはできない。

「なあ……佐々木さんの件、僕もフォローする。だから朝陽は手を引きなよ」

「フォローは助かる。でも手は引けない。今佐々木さん、オレ以外の男、だめになっているから」

「だから!!　それが問題なんだろう！　君が守ろうとすればするほど、佐々木さんは君に依存して、悪循環になる。君が彼女の全てを引き受ける気があるならいいけど、そうじゃないだろう！」

確かに全てを引き受けることはできない。でも、オレしか頼れないとわかっている子を無視することはできなかった。甘いと言われようと偽善だと言われようと。

「引けない」

透がこれ以上になく、オレを睨《にら》みつける。けれど、腹黒王子にオレは負けるわけにはいかない。

「……君はことごとく、咲希ちゃんを傷つけるんだな」

「咲希は関係ない」

透の言葉をオレは即座に否定した。咲希を心配するのはわかるけれど、オレと彼女の問題にもう透には関わってほしくなかった。

こいつが気がついているかは知らないが、オレたちは今微妙な関係だ。

あいつからは連絡もなければ部屋に来る気配もない。咲希は、カードキーを持ったままで平気なタイプではないから、なんらかのアクションはあると思っている。

それがたとえ別離の申し出でも。

「……わかったよ、よーくわかった。……とりあえず車は貸しておく。返すのはいつでも構わない。あと佐々木さんの周囲は僕の方でも調べておく」

「ああ、頼む」

佐々木さんの問題で手いっぱいな今、咲希のことを考えてやる余裕はオレにはなかった。

＊　＊　＊

更衣室のロッカーをガチャンと閉め、私はそこに背中を預けた。

窓の外を見れば重たい灰色の雲が広がっていて、今にも雨が降りそうだ。

社内にメールがばらまかれた。

男を手玉にとる悪女、みたいな書き込みと一緒に添付された写真には、佐々木ほのかのマンション前で彼女を抱きしめる朝陽と、朝陽の部屋らしき場所に肩を抱かれて入る彼女の写真。

佐々木さんを貶《おとし》めるための悪質なメールのせいで、社内は騒ぎになり、あまり仕事にならなかった。やるならもっと仕事に影響しないような嫌がらせにしろよ、と犯人に言いたくなる。社内のメールを使うなんて、犯人は会社関係者だと自《みずか》ら暴露しているようなものだ。

プライバシーを社内にばらまかれた彼女はかなりのダメージを受けただろうけど。

社内では「やっぱりあの二人は付き合っていたんだ」という意見と「今宮さんを巻き込むなんて迷惑な女」というやっかみの混じり合った噂が広まっている。

私は、正直その噂をどうとらえていいかわからずにいた。

今回の件に関して、朝陽が佐々木さんをフォローしていたのは確かだ。指導係という責任もあっただろうし、軽い嫌がらせに引き続いての、今回の事件だ。あいつが関与しないわけがない。

あの男はちょっと冷めているのに、困っている子やかわいそうな子を放っておけない優しさがある。

テンネンちゃんを庇《かば》ったときも。

子リスちゃんを守っている今も。

透の結婚と失恋のダブルパンチで弱っていた私にさえも、優しかった。

馬鹿じゃん、あいつ。私のことを好きなわけじゃない。

ただかわいそうになって放っておけなくて、しかも私は透の友達だったから同情と好意をはき違えたんだ。

かわいそうな女の子を放っておけない優しい魔王様は、相手を間違えた。

間違えたのなら正せばいい。

テンネンちゃんは透が守るから、子リスちゃんは自分が守るべきなのだと。

私はバッグの中からカードキーを取り出した。あのあともらったメールには、あいつの部屋の住所が書いている。

返しに行こう。

これは私が持っていていいものじゃない。あいつだって、きっと今頃私に渡したことを後悔しているはず。

なのにどうしてだろう。

どうしてこんなに胸が苦しいの？　どうして痛くてたまらないの？

どうして優しいキスと一緒に告げられた言葉に、私はこんなに縋《すが》っているの？

まるで私を縛りつけるための呪《のろ》いの言葉みたいだ。

私は荷物や上着をまとめて帰る準備をする。今日はこれ以上仕事はできない。

朝陽は対応に追われているだろうから、今のうちにマンションのポストにでもカードキーを入れちゃえば、会わないままでいられるし。

そう考えて廊下に出ると、そこには悲しそうな表情をした透が立っていた。

透に促《うなが》されて休憩でよく使う上階へ向かう。薄闇に滲《にじ》んだ窓には銀色の雨が細い線を描いていた。このフロアはいつも静かだけれど、今は雨音が支配している。

椅子に座ってぼんやり外を見ていた私に、透がカップを渡してくれた。中にはオレンジジュース。子どもっぽいかもしれないけれど、甘いものが欲しいとき、私はミルクティやカフェオレよりもオレンジジュースが飲みたくなる。透は昔から私の好みを知っているけれど、たぶん朝陽も知っている。教えられたのか気づいたのかわかんないけど。

「あのメール、見たよね」

「うん」

「佐々木さん、写真が送られてきた日は、ストーカーに部屋にまで押しかけられたみたいなんだ。インターホン鳴らされまくって怯《おび》えていて、助けを求められた朝陽が向かった。あそこに一人では置いておけないし、実家は遠いし、近くに住んでいる友人も旅行中とかでいなくて朝陽の部屋にかくまったんだ。写真には二人だけがクローズアップされていたけど、朝陽に呼ばれて、僕も莉緒もあいつの部屋に向かった。二人きりじゃなかったんだよ」

私は黙ったまま、膝《ひざ》の上に置いたオレンジジュースを眺めていた。透の声は抑揚《よくよう》がなく、その内容もどこか他人事に思える。

「あいつも埒《らち》が明かないからって強行手段を選んで、犯人を挑発するためにわざと佐々木さんを部屋に入れたらしいけど、まさかあんなふうにばらまかれるとは思ってなかった」

「私には関係ないよ」

朝陽が佐々木さんを助けようと助けまいと、それが社内にばらまかれようと二人が噂になろうと私には関係ない。

私たちは男と女の関係になったけれど、そんなのよくある話だ。使いもしないカードキーを返せば、私たちは簡単に同期の関係に戻る。

「……だったら、どうしてさっきからそんなに泣きそうなの？　どうしてそんなに傷ついた表情をしているの？」

透はそこで言葉を区切った。

「僕から逃げて、あいつを選んだのは咲希ちゃんでしょう？　あれが咲希ちゃんの答えのはずだ。あの瞬間、朝陽を選んだ時点で君の心はまぎれもなくあいつに傾《かたむ》いていた。なのに逃げちゃうの？　大事なのは朝陽の気持ちじゃない、咲希ちゃんの気持ちでしょう？」

ぴくりと震えた指が、オレンジジュースの表面を波立たせる。音を増した雨が窓を打ちつけた。

耳に残る朝陽の声、私の腕を掴んだ大きな掌《てのひら》、交わしたキス。

「伝える前に逃げるの？」

どうして大人になると、臆病《おくびょう》になるのかな？

自分の気持ちがわからなくなるのかな？

透が仕方なさそうな表情をして、私の頭を優しく撫でる。

目から涙の滴《しずく》が落ちてくる。

嫌いだったの、初めて会ったときから。ずっと嫌いだったの。

透を想うような、ずっと傍にいたいとか、一緒にいると心がほんわか温かくなるとか安心するとか、そういうのが朝陽との間にはないから。疑って傷ついて、苦しみしか湧いてこない感情が好意に繋がるのかわからない。

「好き」と想う気持ちが、こんなに苦しいなんて知らなかったの。

ささいな優しさに絆《ほだ》されて体には快楽を教えられて、確かな言葉はないのに時折甘やかされる。

朝陽の行動ひとつで揺らいでしまう。

あの子に構わないで。

あの子に優しくしないで。

私に見せるものを、あの子にも見せたりしないで。

私の嫌な部分を引き出すそれが「好き」という感情の裏返しなら、これを「恋」と呼ぶのなら。

私は無理やり落とされたんだ。ずるくて醜《みにく》くてコントロール不能なわけのわからないものに。

＊　＊　＊

透から連絡があったとはいえ、マンションの前で咲希の姿を見るまでは、不安で不安でたまらなかった。

夕方から降り出した雨は、激しく降ってはやんだりして気まぐれだった。

社内に出回ったメールは当然のように騒ぎになり、上司への事情の説明や警察への対応などで大変だったけれど、公《おおやけ》になったことで犯人の目星もついたらしい。

捕まるのも時間の問題だろうし、そのあとの対応は上司や役員の人に任せることになった。

佐々木さんへのフォローも、女性の主任が請け負ってくれた。

犯人を挑発するためにあえて仕組んだこととはいえ、オレを狙ってくれればいいと思っていたのに予想外のことをされてしまった。

あのメールに添付された写真を見て、咲希がどう思うか気になりながらも、説明する暇もなく、どう言えばいいのかも浮かばなかった。透からのメールで少しはホッとしたものの、それでも不安は拭《ぬぐ》えない。

薄ピンク色の傘を手にして、咲希はエントランスの屋根の下で心細そうに空を見上げていた。カードキーがあるのだから、中に入っていてもいいのに。

オレの行動によって咲希が傷ついているなら、彼女はオレに無関心ではないという証明になる。

傷つけたいわけじゃないのに、傷ついてほしいと思う矛盾。

大事にしたいと思うのにどうしてそうできないのか。

透が呆れるのもわかる。

「咲希」

名前を呼んだ。

どんな表情を浮かべるか、見逃さないためにじっと見つめる。

咲希はびっくりしたように目を大きく開き、戸惑った表情を浮かべてうつむいた。だから何かを宣告される前にオレは彼女を確保する。部屋にさえ入れてしまえば、そう簡単に逃げられることもない。

たとえオレから逃げようと思っているとしても。

手首を掴んで逃げられないようにしたい衝動と戦いながら、自分の部屋へと導く。本音を言えば佐々木さんの件で、オレは疲れていた。それと同じくらい、会議室で中途半端な触れ方をして以来、飢《う》えてもいた。

部屋に入れてしまえば、勢いのまま抱くことも可能だろう。でもそれだと同じことの繰り返しだ。

こいつは、オレへの気持ちを告げるために来たのだろうから。

ドアを開けて入るように促《うなが》すと、咲希は迷いを残した目でオレを見上げる。

無自覚なそれに、オレはたぶん出会ったときから奇妙な気分を抱いていて、こいつに仕事を頼んでいたのは、彼女が難なくこなすからではなく、ふいに見せる隙《すき》を見たかったからだと思った。

なんだ。オレ、ちゃんと結構前からこいつのこと気になってたんじゃん。

透にけしかけられたことや、咲希が弱っていて隙《すき》だらけだったことは、ただのきっかけとチャンスに過ぎなかった。

咲希はおずおずと部屋に上がって、明かりをつけたリビングに入ると目を丸くした。まさかファミリータイプのマンションだとは思わなかったんだろう。この部屋は海外転勤になった叔父のもので、管理を頼まれて住んでいる。部屋数だけはあるから、佐々木さんを連れてきたときも、透や夏井さんにいてもらうことができた。

「コーヒー飲めるか？」

「飲めるけど今はいらない。私、これを返しに来ただけだから」

ソファの前のローテーブルの上に、咲希はカードキーを置いた。

「返しに来た……か」

キッチンに向かいかけた足を戻して、オレはカードキーを手にすると咲希の前に立った。

怯《おび》えや不安が消えたのか、彼女はいつもと同じく力強い目でオレを見上げる。目元が少し腫《は》れていることに気づき、伸ばしかけた指をぎゅっと握りしめた。

「おまえにとってオレがなにか、答えは出た？」

「返しに来た」という言葉に含まれる意味を考えれば答えはわかりきっているのに、オレは最後のあがきのように問いを突きつける。どんな答えを咲希が出したのか知らないと、次の手を打ちようがない。

「……あんたが、たとえ佐々木さんを好きでも。私は今宮朝陽が好きです」

にっこり笑った咲希は、オレから目を逸らすことなく、ぽつりと涙を零《こぼ》した。

＊　＊　＊

透に「伝える前に逃げるの？」と言われて、「逃げて何が悪いのよ！」と心の中で思った。

カードキーを突っ返して「あんたなんてただの同期だから！」と言ってやろうと思って、メールで教えられた住所までタクシーで乗りつけた。タクシー代請求してやって、「佐々木さんとどうぞ仲良くしてね」と言うつもりだった。

そんなふうに考えないと、そこまで行く勇気が出なかったから。

透に「朝陽には、咲希ちゃんが行くこと、メールで伝えておくからね」と言われ、私は嫌そうな表情をしたが、彼は譲《ゆず》らなかった。

朝陽は私が来ることは知っていただろうに、タクシーから降りてきて目が合った瞬間、ほっとしたような笑みを浮かべた。

そうしたら何もかもがぐちゃぐちゃになってしまった。

頭の中では「どうしよう。いつ別れを切り出そう」って思っていたのに、手を引かれた瞬間、朝陽が私に会いたかったと雄弁に語っている気がして勘違いしたくなったのだ。

朝陽が「会いたかった」って言っている気がするから、私まで「会いたかった」んだって気づかされちゃったんだよ。

強引に抱きしめるのもキスするのも、簡単でしょう？

お手軽に体だけの関係にだって戻れるんだよ。

でもこいつは会議室であのとき望んだ通り、私の気持ちを聞きたがっている。

自分からは決して「好き」なんて言わないくせに!!

だから言うはずもない言葉を言った。

絶対言いたくなかった言葉を言った。

口にしたらきっと気持ちが溢れて止まらなくなって、苦しくなるってわかっていたから。

欲張りになって醜《みにく》くなって、弱くなっちゃうってわかっていたから。

「……心臓にわりぃよ、おまえ」

ふんわりと背中に腕をまわされる。とても大事にされていると感じさせる抱擁《ほうよう》。

気持ちを告げて安堵《あんど》するどころか、言っちゃったっていう後悔みたいなもので涙が止まらない。

「……じゃあ、言った、から。も、帰る」

「なんで‼」

「キー返したし、気持ちも、言ったから！」

言うつもりなかったのにね‼

「オレの気持ちは聞く気なし？」

「聞かなくてもわかっているから聞かない！　あんたが好きなのは佐々木さんでしょ！」

朝陽は私の頬を両手で包んで、顔を上げさせる。涙はどんどん零《こぼ》れてこいつの手を濡らしていく。

どうやったら涙は止まるんだろう。

「オレの気持ちを勝手に決めつけるな！」

「だってそうだもん！　あんたは私を好きなわけじゃない！　透の結婚と失恋のダブルパンチで傷ついていた私を放っておけなかっただけ！　ただの同情！　もしくは好奇心！　セックスしちゃっ

たから情が湧いているだけ！　身動きできなくなっているだけだよ！」

矢継《やつ》ぎ早《ばや》に言い放つ。この際だからすべてぶつけてやった。

朝陽の指は私の涙を拭《ぬぐ》おうと動く。涙で視界がぼやけているから、朝陽がどんな表情をしているかもわからない。気づいていなかったのなら気づけばいい！

大切な人は誰なのか。

「……放っておけないのは確かだ。いじめられていた夏井さんのことも、ストーカー被害に遭っていた佐々木さんのことも、傷ついていたおまえのことも」

朝陽が戸惑いを滲《にじ》ませながら呟く。こつんと額を押しつけられて、もう一度涙を拭《ぬぐ》われた。

「でも弱みにつけこんだのは、おまえに対してだけだ」

囁《ささや》くような甘い声。見惚《みと》れそうなほど整った顔立ち。真剣な光を湛《たた》えた目が私だけを見つめる。

「透が大事にしていて、オレのことを嫌っていて、どう考えても面倒くさい女なのに、止まらなかった……。言ったろう？　オレの気持ちはおまえにあるって。オレが好きなのは牧野咲希だ」

額にそっと唇が触れた。そのまま頬を伝《つた》う涙をすくいとり唇を重ねる。

優しくて温かい。会議室で最後に交わしたキスと同じ。

止まっていた時間が動き出した気がした。

顔中に降らせるキスはゆるやか。こめかみに、鼻の頭に、頬に、そして涙の上に。手は私の頭を撫で肩を撫で、腰を抱きしめる。

「好きだ」と唇が動く。「大切だ」と抱きしめる腕が伝えてくる。

言葉だと簡単にいかないのに、どうして感触は雄弁に気持ちを伝えてくるのだろう。

窓の外は真っ暗になったせいで、雨の粒さえ見えない。そして明るすぎるリビングに、さーさーというかすかな音だけが聞こえる。

やっと唇が触れた。ほんの少ししょっぱい味がするのは私の涙だろう。

こいつのキスはいつも強引だった。なのに今は根気強く私が唇を開けるまで待ってくれている。角度を変えて表面だけを触れ合わせて、時折唇でやわらかく挟んでくる。

舌で舐めたかと思えば、ふたたびなぞるだけになり、私はもどかしい気分になった。

「好き？」

「好きだ」

「本当に？」

「嘘じゃない」

恥ずかしすぎる言葉の応酬《おうしゅう》。

それでも今の私には必要だったから、甘えるように問いかける。もやもやとしていたものが、綺麗に浄化されている気がする。

どうしてこんなこと思うほど、こいつに心を傾《かたむ》けちゃったんだろう。

抱きしめる腕にも伝わる温《ぬく》もりにも、ほっと安心して身を委《ゆだ》ねてしまいたくなるほど、本気になってしまうなんて。

終わりにするつもりだったのに、なかったことにするつもりだったのに。

「私、佐々木さんと違ってかわいげがない……」

「オレには十分かわいげがある。今もすげーかわいいと思っているし、オレの理性を破壊するのおまえだけなんだから、いい加減信じろ」

透に好かれているんだから自分に自信持ちなさいよ！

そう言ってテンネンちゃんに怒ったのは過去の私。

透に好かれているのがうらやましくて妬《ねた》んで口走った台詞《セリフ》は、そのまま私に返ってくる。

「激しいキスがしたい」

「………」

唇の傍で漏れる熱い吐息。低く艶《つや》めいたその声にびくんと震えた瞬間、朝陽と目が合った。きらめく欲情の熱に溶かされるのは、いつも私の方。かすかに力をゆるめた隙《すき》を見逃さずに、熱い舌が入り込んできた。

肩を少し押され、ソファに押し倒される。やわらかな背もたれが背中に当たり、ちょうどいい角度で上半身を支えてくれた。そのままキスを受け止める。唇と唇を合わせて、舌を卑猥《ひわい》に動かす。味なんかないはずなのに、朝陽の味だと思ってしまうのはなぜなんだろう。

「欲しかったのはオレだけか？」

私のジャケットをはだけさせて、シャツのボタンを外していく手は珍しく余裕がない。

唇がようやく離れた隙《すき》に、そう告げられる。

シャワーを浴びたいとか、こんな明るい場所じゃなくて寝室に連れていってくれればいいのにと思うのに言えない。なぜなら、私も「欲しい」――そう思っているからだ。

言葉にできない代わりに、朝陽のネクタイに手をかける。結び目から引き抜くと床に落とし、次に彼のシャツのボタンを外した。一瞬だけ朝陽は動きを止めたけれど、私たちはリビングのソファの上で互いの服を脱がしあった。

服がただの布地になって床に重なっていく。

互いに全裸になると、朝陽は再び私をしっかりとソファに横たわらせて、上から見下ろす。

冷たい革の感触に少しだけ肌を震わせ、朝陽は私の胸に両手をそわせた。

ふたつの膨《ふく》らみをゆっくりと揉み込む。肌の感触を味わって、親指を頂《いただき》にそえる。そして、小さくなぞるだけでつんと尖《とが》る変化を目で眺めていた。

ものすごく恥ずかしい。でもすべてを見られたいとも思う。

綺麗なところも汚いところも、醜《みにく》いところもすべて。

そうして晒《さら》け出してなお求められれば、きっと私は安堵《あんど》する。

「んんっ」

小刻みにこすられ、時折はじかれる。感覚が研《と》ぎ澄《す》まされていくと、そこは痺《しび》れを運んできて、ますます貪欲《どんよく》に刺激を欲しがろうとする。

朝陽の指は、動きを速めた。

息が漏れる。声も出そうになる。すると、触られていない他の部分も探ってほしいと望み始める。

二本の指で挟まれ、ますますそこは尖《とが》って、私は我慢できなくなった。

「やっ、そこばっかり、いま、宮」

名前を呼んだ途端、小さな痛みがぴりりと与えられる。

「朝陽、だ。名前を呼べ」

「……あさ、ひっ！」

呼ぶ途中で生暖かい舌が胸の先をくわえた。ねっとりとしたそれが、私の中から潤《うるお》うものを溢れさせる。

朝陽は空《あ》いた手で、私のふくらはぎを支え、背もたれの上に置いた。足の間が急に空気に晒《さら》される。すると、指が入り込んできて、いやらしい音をたてた。

「ひゃんっ」

「ココは正直に欲しいって言っているな」

「言ってない！」

「イってないならイかせてやるけど」

「意味がち、がっ」

朝陽は中でまとわりつかせたものを私の敏感な部分に塗りたくる。十分に溢れていたそこは、痛みではなく快感を運んできた。滑《すべ》りをよくしたそこを朝陽はさらに嬲《なぶ》る。

「やだっ、朝陽！　いやあっ」

簡単に痺《しび》れが走る。あっけなく飛ばされそうで怖くて声を上げるけれど、足を閉じようとは思わない。

朝陽は明かりのもとに晒《さら》されたそこを視姦《しかん》している。

「咲希……すげー綺麗だ。キラキラ光って濡れて、真っ赤になって膨《ふく》らんできて……」

私は顔を両腕で覆《おお》って、イヤイヤと横に振る。

「うまそうに見える、咲希」

朝陽が唇できゅっとそこを挟んだ瞬間、私はあられもない声を上げてイってしまった。

＊＊＊

「あっ、あんっ、はあっ」

息で快感を逃そうと、咲希の口からはいつも以上に高い声が零《こぼ》れている。部屋の中に響くそれがいつまでもこだましていればいいのにと思うほど、心地いい声。

気持ちいいのに我慢して、毒舌を吐く場所と同じところから、誰にも聞かせることのない音色を漏らす。

自分だけが響かせられると思うと、余計にオレは増長する。

唇に振動が伝わった。そのあと、そこからたらりと零《こぼ》れてくるものが、ソファを汚すのを眺めた。

すくいとるように舌で舐めあげて、ついでに充血して綺麗に染まった芽をこする。

咲希は体をびくびく震わせて、卑猥《ひわい》な声を上げる。閉じようとする足を押さえて、オレは準備をした己《おのれ》を大事なところに押しつけた。

もっとイくところを見たいけれど、オレももう限界だった。とりあえず咲希の中で抜かなければ、おさまりがつかないほどで、オレは痛みさえ感じていた。

熱い中に包まれただけで放出しそうで、予想通り、数度腰を動かしただけでギブアップした。

寝室に連れていこうとしたが、そうする時間さえ惜しい。カーテンをしめていない明るすぎるリビングで咲希を抱き続けることにした。

ソファに腰掛けたオレの上に咲希が乗っている。

こいつはバックも騎乗位も苦手らしく、あまりやりたがらないので、ものすごく恥ずかしそうに目を伏せている。腰の動きもぎこちないけれど、おかげでゆっくりと彼女の中を味わうことができた。

頬に手を伸ばすと、冷たい髪がさらさらとオレの手の甲《こう》を撫でる。キスを催促《さいそく》されたかと思ったのか、咲希は顔を傾《かたむ》けて唇を寄せてきた。酒に酔っているわけではないのに、彼女は少し虚《うつ》ろに見える。

イきすぎてきついんだろうなと思った。

咲希を目の前にするとオレは自分を抑えられなくなることの方が多い。

ここまでセックスで追い詰めるタイプではなかったのに、こいつ相手だと最初から飛ばしてしまう。おそらく普段とのギャップが激しいせいで、知らない姿を引き出したくなるんだろう。

舌はゆるゆると動かすけれど、それ以上はしてこない。かわりにオレが激しく絡めて唾液を溢れさせる。そのまま胸に触れると、もうどこもかしこも敏感になっているせいで、中がきゅっとしまった。

繋がりあっている部分の少し上を触れば、またイくのだろう。

激しく突いてかすれた声を上げさせるか、中と外を同時に嬲《なぶ》るか。

「咲希、動いて」

「……も、これ以上は無理」

咲希の胸がやわらかく揺れ、オレの肌に触れてくる。

繋がった部分からは蜜が溢れてまとわりつく。ドロドロに溶けている咲希は、ほんの少し奥を突いてやると、びくびく震えてオレの腕の中に落ちてきた。


黒いシーツに散らばる栗色の髪。さらさらのその感触に、女の髪はこんなに気持ちいいものだと初めて実感した。髪の感触を味わいながら、咲希の頭を撫でる。オレの掌《てのひら》で包んでしまえそうな大きさ。髪先がかかる華奢《きゃしゃ》な肩。睫毛《まつげ》が震えて、いつもは大人びた強い光を放っている目が今は幼く見える。

「朝陽？」

「大丈夫か？」

遮光カーテンで覆《おお》われた寝室に、外からの光は届かない。

咲希の視線がオレからデジタル時計に向かう。そして彼女は困ったような顔をした。

「……お腹、すいた」

だろうな。すでに昼食の時間帯にさしかかっているうえに、昨夜は夕食も食べずに行為をはじめてしまった。

「お風呂も入りたい……」

オレは少し寝たあとシャワーを浴びたけれど、こいつは撃沈していたから一応タオルで拭いてやった。気づいてはいないだろうけど。

オレは生理的な要求だけを口にする咲希の頭や肩を撫で続けていた。こんなときの咲希は本当に無防備で隙《すき》だらけで、普段の彼女からは想像もつかない言動を取る。

こいつに言えば不機嫌になるかもしれないが、素の咲希は夏井さんに通じるものがある。もし咲希が自分を着飾らずにいたら、たぶん男の目を引きつけずにはいなかっただろう。良くも悪くも、感情に素直すぎるともいえるこの性格に気がつけばなおさら。

透はずっとこれを隠したかったのだと、オレは何度となく思い知らされている。化粧をしなくても綺麗な肌。薄桃色の唇。くるんと上がった睫毛《まつげ》。滑《なめ》らかな栗色の髪。何もしなくても咲希は十分かわいい。腕の中で強がりを消した今はなおさら。いままでどんな女にも抱いたことのない感情が、今この瞬間にも溢れてくる。

「お腹、すいたんだってば」

キスをしようとしたのにすんなりかわされたオレは、目覚めたばかりの咲希の口に強引に舌をさしこんだ。

咲希はオレを押し返そうとするけれど、オレは綺麗な形の彼女の胸を触ってやる。

「やっ、朝陽！　限界だって」

キスから逃れた隙《すき》に声を上げる。限界なのはわかっている。たぶん起き上がることはできても、歩くことはできないだろう。少しかすれた声で、それがわかる。

恥ずかしい声を上げるのは、嫌だと言う彼女を追い詰めたから。

「じゃあカードキーやるから、おまえの鍵もちょうだい」

何がじゃあだよ、と自分で自分に突っ込む。

脈絡のない台詞《セリフ》に咲希もきょとんとする。だーかーらー、そういう表情やめろって。

部屋に来ないとか、来させないとかそんなレベルを飛び越えて、強引に行き来できる手段を確保する。そうすれば距離なんか感じさせないぐらい、近づくことができるだろう。

いつかはうやむやに同棲にでも持ちこんで、ついでに薄い膜ともさよならしてやろうと画策《かくさく》する。

「くれるって言うまで離さない」

「……私、ご飯食べたい……だけなんだけど」

うやむやにして逃げようとする咲希の中に、遠慮なく指を入れる。

そこにはいまだに潤《うるお》ったものが留まっていて、襞《ひだ》もじっくり絡みついてくる。

弱い場所をさぐってこすりつけると、咲希は怯《おび》えと快感を混ぜた目でオレを見つめた。

「やあっ、朝陽！」

「咲希のココは嫌がってない。もっと壊されたい？　お望みなら存分にやってやる」

そう脅《おど》して、オレは咲希から鍵をもらうという言質《げんち》を取ったあと、約束が違うと泣く咲希をもう一度抱きつぶした。

＊＊＊

けれどその「好き」がいつまで続くのかなんて、誰にもわからない。

醜《みにく》くて弱くてずるい、そんな本当の私を知ったとき、あいつはそれでも私を選んでくれるのかな？

「好き」と伝え合った。


「夏井さん、桜井と結婚するんだって。オレたちの癒《いや》しがまたひとつ奪われる」

「へええ、桜井って結局牧野さんじゃなくて夏井さんを選んだのか？　牧野さん本命説が高かったのに」

「連れて歩くには牧野さんがいいけど、結婚となるとなあ。夏井さんの方が家庭的っぽいし、帰って家にいたら癒《いや》されるだろー」

喫煙室横の自販機に来たことを後悔したくなった。

私はほんっとうにいつもタイミングが悪いと思う。お祓《はら》いでも行った方がいいのだろうか。

辺りの薄暗さがさらに追い打ちをかけてきて、とりあえず紙パックのオレンジジュースのボタンを押した。

喫煙室からは死角になっているので、たぶん私がいることに彼らは気がついていない。

自分の噂話を耳にしてしまうほど、まぬけなことはない。

さらに比較対象が夏井莉緒。はっきり言って腹立たしい。

なーにが家庭的だ、イメージだけじゃんか。あの子は確かに見た目は家庭的だけど、料理はまったくできないんだよ。

——透がテンネンちゃんとの婚約を公《おおやけ》にした。

その結果、なぜか私は噂の的になっている。おもに、私が透に捨てられた？ みたいな解釈で。

まあ、夏井さんと付き合い始めても透の傍にいた自分が悪いので、自業自得と言えなくもないけれど。

「じゃあ、佐々木さんというオアシスは死守しないとなあ」

「いや、そっちは今宮がすでに手をつけているだろう。おまえ社内メール騒動知らないの？」

「えー、あれって犯人探しのためのやらせだったんじゃねーの？」

私はストローでずずずっとオレンジジュースを飲みながらその場を離れた。オレンジジュースの酸味が舌にざわりと苦いものを残す。

佐々木ほのかのストーカー事件は一応決着がついたらしい。

彼女に相手にされなかった（本人は自覚なし）男性社員の仕業だということがわかったのだ。結局その男は会社を辞めた。

佐々木さんは今、周囲の人たちにサポートされながら、健気《けなげ》に会社に出てきて仕事をしている。同性からのいじめもなくなった。

子リスちゃんはどうも手をさしのべたくなるタイプらしい。

厳しいことで有名な部長も、きつい性格の主任女史も彼女には甘いのだと、七穂がご丁寧に教えてくれた。

「何より今宮くんがねえ、なんか雰囲気変わったのよね」

無関心を装《よそお》っていた朝陽が、あのメールがばらまかれて以降、噂を否定しながらも積極的に関わっているそうだ。

「咲希が嫌なら断る」

朝陽はそう言ってくれた。ストーカー騒ぎで男性不信に陥《おちい》っている子リスちゃんが唯一平気な男性が、朝陽なのだという。

彼女の心が落ち着くまでのサポートをカウンセラーの先生からも上司からも頼まれ、朝陽は私に相談してきた。

彼女なら当然嫌だ、と思うだろう。

実際私は「嫌だ」と即答した。朝陽は苦笑して「了解」と言ってくれたけれど、そう言ってくれたことに私は満足して「嘘、いいよ」と答えてしまったのだ。

だってつらい思いをしている女の子にみーんなが手を差し伸べているのに、私だけいじわるしてたら、私ものすごくひどい女みたいじゃん。

そういうつまらないプライドのせいで、私は自分で自分を追い込む羽目《はめ》になった。

よって社内では、私と朝陽が付き合っていることをだーれも知らない。

透とテンネンちゃんのせいで、すでに私は色々噂のタネになっているから、これでさらに朝陽との付き合いが広まった日にはどうなることやら。

いじめのターゲットは、確実に私になるよ！

だから社内が落ち着くまでは、隠しておきたい。

唯一の救いは、朝陽が子リスちゃんにだけは、私を恋人としてきちんと紹介してくれたことだけれど……

「期待させたくないし、咲希に誤解されるのも嫌だから、佐々木さんには本当のことを言う」

子リスちゃんと対面したときのことを思い出すと、いたたまれなくなる。

まるで、シンデレラをいじめるいじわるな姉のような、白雪姫を妬《ねた》む継母《ままはは》のようなそんな心境に陥《おちい》った。

子リスちゃんはあきらかにショックを受けていた。少しほっそりした彼女は、女の私が見ても守らなければという気持ちにさせられる。

同時に今回の件で、この男がどれだけ彼女に期待させたのか、手に取るようにわかる。

あんたにとってのただの親切が、どれだけ罪深いものか思い知れ!!

しっかり期待させているじゃんか！

ショックを一生懸命隠しながら微笑もうとする彼女の健気《けなげ》さに、私でさえ絆《ほだ》されそうになる。

さらに「私のせいで牧野さんにも嫌な思いをさせてしまって、申し訳ありません」と謝られた日には、いくら私でも「そうよ、迷惑よ」なんてとても言えない。あいつが絆《ほだ》されないのが不思議だ。

テンネンちゃんと子リスちゃんはどこが違うんだろう。私にはとてもカラーが似ているように見えるから、朝陽がどうして子リスちゃんに惹かれないのかやっぱりわからない。

私は今でも朝陽の心変わりの可能性を否定できずにいる。


そんな私の周囲でちょっとした変化があった。

「牧野さんすみません！　この資料が資料室にあるって聞いたんですけどわからなくて。よかったら一緒に探してもらえませんか？」

なんとうちの課に社内交流会の相手だった海藤雅空くんが異動してきたのだ！

彼は飼い主を見つけた子犬のように私に駆け寄ってくる。

子リスちゃんと同期の彼は、今やうちの課のアイドル的存在になっている。童顔だけど顔だちは整っているし、仕事のミスも少ない。今みたいな申し出をしても、「いいよ」とにっこり笑って言ってもらえる得なタイプだ。

「すみません。僕、牧野さんの仕事の邪魔になってばかりで」

耳がついていたらしゅんとなっているだろう風情《ふぜい》で海藤くんは謝る。

ブラインドが下りたままの資料室は、電気をつけないと昼間でも薄暗い。

「いいよ、気にしないで」

ふふ、デキるお姉さんＯＬみたいだ、と自分で思う。

イケメンは嫌いだけれど、どうもそれが年下になると嫌悪感も少し消えることに最近気づいた。

ファイルのある場所を探るけれど、確かに見当たらない。誰かが持ち出しているのか、きちんと返していないのか……とりあえず下の棚から上の棚までくまなく視線を動かす。

「あ」

「ありました？」

見れば、棚の上の方に置いてある段ボールの上にファイルの影が見えた。

すぐ傍にあった脚立《きゃたつ》に立って手を伸ばす。あ、届かない。

「牧野さん、僕が取りますよ」

後ろの棚からまわりこんできた海藤くんが慌ててそう言うので、私は脚立《きゃたつ》を譲《ゆず》った。段ボールごと下ろさなければ取れないらしい。

何が入っているかはわからないが、段ボールはそれほど深くはない。重いものは入っていないようだったけど引き出した途端、海藤くんはバランスを崩す。

「わっ」

「きゃっ」

うげ、どこから出た？　今の声。

ファイルと段ボールとが同時に落ちる。そのとき、私を庇《かば》うように抱きしめる手があった。

あ、思ったより背が高い。線は細そうなのにやっぱり男だなあ。

「すみません！　牧野さん、大丈夫ですか!?」

「あ、うん。大丈夫よ」

反射的に顔を上げて、思った以上に近い距離にいた海藤くんと目が合う。

なんかひげとか生えなさそうな顎《あご》だな、とぼんやり思う。海藤くんの大きく開いた目が細められて、なんでか抱きしめる腕にぎゅっと力が入った。

「海藤くん？」

「……牧野さん……なんかいい香りしますね」

「え？」

私はこういう目を知っている。

熱い色が宿《やど》る目。日常が切り離される感覚。

「怪我……ないですか？」

「……うん、大丈夫」

すっと背中から手が離れて、海藤くんは何事もなかったように落ちた段ボールを拾い上げた。ガムテープできちんと封がされていたので、中身は出ていない。

海藤くんはファイルを拾い上げて、「ああ、ここにあったんですね」と呟いた。

私はこういうときに身を守る術《すべ》を身につけて**い**る。こんなささいなことに動揺したり戸惑ったりするのはおかしい。

「見つかってよかったわね。仕事に戻りましょう」

「ありがとうございました」

海藤くんがにっこり笑うのを見たとき、私は自分の中に起きた衝動の原因がわかった。

ああ、この子。

雰囲気がものすごく、透に似ているんだ。

私は基本的に、鈍《にぶ》くない。男にそういう対象で見られているかどうかはわかる。だからかわし方もそれなりに心得ているつもり。社内交流会で話しかけられたときから、海藤くんの熱のこもる目にはなんとなく気づいていた。だから、海藤くんに「食事でもどうですか？」と誘われても「予定があるから」と嘘だって言える。

テンネンちゃんや子リスちゃんは、こういうささいな嘘さえつけない。だから男の人に妙な期待を持たせちゃうんだろうな。ま、透なんかはテンネンちゃんのそういう部分をフルに利用して彼女を手に入れちゃったけど。

私への好意は……あるのだろう。でもそれはおそらく入社当初に自分のミスをフォローしてくれたお姉さんに対する憧れみたいなものだろう（自分で言うのはおこがましいけど、たぶん事実）。社会に出たての男にはよくあるものだ。

ま、少し透に似ているから、ちょっともったいないかなとは思わないでもないけど。

そう考えると、私はやっぱり今でも透を好きなのかもと、胸の痛みとともに思い知る。結婚が決まり、諦めがついたはずなのに、何かのきっかけでふたたび思い悩むくらいには。

もはや長年の片思いによる刷《す》り込《こ》み。

朝陽に抱かれるのは嫌じゃない。好きか嫌いかと言えば好きだと答えるし、何かあればたぶん私は透ではなくて、朝陽を頼るんだろう。

でもね、でも、心のどこかがいつも私にストップをかける。

いつまでも子リスちゃんの近くにいる朝陽を見ていると、頭ではわかっているのに気持ちがアメーバーのようにドロドロと広がって、私の中の何かを覆《おお》い隠す。

そんなに苦しいんだったら、別れちゃえばいいのに。

こんなに信じられないんだったら、別れちゃえばいい。

そんな言葉が悪魔の囁《ささや》きのように、時折顔を出す。

でもどんなに苦しくても、もやもやしても、きっと私からは「別れよう」とは言えない。だから別れたいなら、朝陽から言い出すしかないんだよ。


透に捨てられたかわいそうな女のレッテルを貼られている今、社食に行くのはものすごーく勇気がいる。

でも昼食時間を遅らせればなんとかなるかも、と思って社食のある一階に向かう。

うちの社食は実は社員だけでなく一般の人も利用できる。これも会社の社会的貢献のひとつなんだって。もちろん入り口は別だし、食事をするスペースはきっちり分けられているけれど。

メニューは野菜を中心としたバランスのとれたものが多いので、外部の人にも好評だ。

階段を下りていた私は、その足を止めた。

……なんでいっつもこんな場面に遭遇するかな、自分。

社内の好奇の視線から子リスちゃんを守るために、時間が合うときはできるだけ昼休みも近くにいるということは七穂から聞いていた。

傍にべったりではなく、何かあればいつでもフォローできる位置に。

その微妙な線引きが女子社員の心をくすぐるのよ！　と力説していたけれど、意味はわからない。

確かに朝陽は昼食を終えたばかりの風情《ふぜい》で、男性社員と一緒にエレベーターに向かっている。同じく子リスちゃんも女子社員とエレベーターに足を向けていた。

ふんわりした髪はやっぱりはねていて、シンプルな薄水色のブラウスにグレーのスカート姿は相変わらず地味な感じ。

隣の女の子にやわらかく微笑んだかと思うと、彼女の目がふっと一点をとらえた。

私には彼女の視線の先が見える気がした。

朝陽の背中に熱い視線を送り、切なげに目を伏せる。こんなふうに無意識にでも追ってしまう視線を自分の理性で抑え込むのはきついだろう。

だってあの子は真実を知っている。

周りからは朝陽から守ってもらえてうらやましい、みたいな空気で見られているのに、それを否定もできず肯定もできず、抑えきれない気持ちを持てあます。

今宮朝陽には牧野咲希っていう恋人がいるんだって知っているから。

私は空腹なのに、吐き気がしそうだった。

そんな感情だだ漏れの視線で朝陽を見ないでよ！

恋人がいるんだから、すんなり諦めなさいよ！

そんな目で見るから、いつまでも朝陽があんたから離れられないんじゃない！

そんなどす黒い感情が湧き上がってくる。

「オレは公《おおやけ》にしても構わない」。朝陽はそう言ってくれた。

「これ以上噂の種になんかなりたくないわよ」。そう言って断ったのは私。

きゅっと胸元に手を当てて握りしめる。スーツ姿の背中が滲《にじ》んでぼやけてくる。

噂なんか慣れているから、本当はどうだっていい。

他人にどう思われようと、本当のことをわかってくれる人がいればそれでいい。

二人がエレベーターの方へ消えていく前に、私は視線を逸らして歩を進める。

朝陽をそんな目で見ないで。

朝陽の傍にいかないで。

朝陽に甘えないで。

朝陽は私のものなんだから。

子リスちゃんは昔の私。

決して自分を好きにならないとわかっている透の傍に無理やり居続けた昔の私。

私には彼女の気持ちが痛いほどわかる。

三十品目の野菜を使った日替わりランチを頼むつもりだったのに、やっぱり私はサラダプレートにしてしまった。フォークに突きさされるレタスのシャキッという音が、私に元気出せよと囁《ささや》いているみたい。

……って、ポエムな頭になっているなあ。

まばらになってきた席を眺めながら、私は思い出したくもないシーンを勝手に自動再生する。子リスちゃんのあの視線を見てしまったのは、正直イタイ。

あの子がもっと性格が悪くて、いつか私に振り向いてくれるはず！　みたいにモーションをかけるタイプであれば、喜んで応戦する。けれど、ああいうタイプだと、えー関わりたくないーと不戦敗を受け入れそうになる。

最初から負けてんじゃん、私。

むううっと唇を突き出して、この場で自分の頭をぽんぽか殴りたいぐらいだけれど、そんな姿を公《おおやけ》の場には晒《さら》せないので、私は黙ってちまちまと野菜を口に運ぶ。口の中でぷちっと広がるプチトマトの甘みがやけに舌に絡んでくる。

「牧野さんも、今昼食ですか？」

にこにことお尻のしっぽを振っているような風情《ふぜい》で、ワンコな海藤くんがプレートをテーブルに置いた。席はたくさん空《あ》いているのに私の目の前に来るんだ、君。

そういえば今日は上司と一緒に外回りだったっけ？　今、戻ってきたのかな。

白いプラスチックのトレイには、夏らしく冷麺《れいめん》とチャーハンのセット。冷麺《れいめん》だけじゃ足りない男性に人気のメニュー。

野菜中心の社食だけれど、男性社員の希望によってこんな炭水化物同士の組み合わせもあるのだ。

ただし冷麺《れいめん》にもチャーハンにも、お野菜はたっぷり使われているけど。

急いで食べてこいとでも言われているのか、海藤くんはものすごい勢いで麺をかきこんでいく。

うーん、食べっぷりいいなあ。

「牧野さん、お昼それで足りるんですか?」

「うん、足りる。スモークチキンとか、バケットとか色々入っているのよ。結構具だくさんだから」

口の中にあるものを呑み込んでから話すところは、なかなかしつけが行き届いていると思える。

明るい髪がふわふわ揺れる。制服を着れば高校生でも通用するかも。いや、それはさすがにないかなあ。

顔立ちはまったく似ていない。でも雰囲気や口調がどこか透を思い起こさせる。気づいてからは、私はこの子の中の透に似た部分を探すのがくせになっていた。

透からは向けられなかった燻《くすぶ》る熱が、彼の目に宿《やど》るから。

ほら、こんなふうに。

「……牧野さん、なんかありました?」

「……なんで?」

「いや。えっと、なんかいつもと雰囲気が違うっていうか」

ここで隙《すき》を見せたらどうなるんだろう。

私はテンネンちゃんや子リスちゃんとは違うから、男と女の駆け引きはよくわかる。ちょっと隙《すき》を見せたらワンコの私への憧れを確実なものにするのなんて簡単だ。……私、最悪な女かも。

「海藤くんの食べっぷりを見ていたら、お腹いっぱいになっちゃった。先に戻るね」

「あ、はい」

お箸からレンゲに持ちかえた海藤くんは、チャーハンをぽろりと落としたけれど、私は気にせず席を立つ。

なんだか鳥肌が立って寒気がする。

食器を返却中、私をじっと見つめる視線に気づく。いつから見ていたのかわからないけれど、透の目が細められて困ったなって顔をしていた。

サラダボウルの中に半分残った野菜たちが、ドレッシングの海に溺《おぼ》れていた。


社食を出て廊下を歩いていると、後ろから来た透に声をかけられた。

噂は当然透の耳にも入っている。だから人目《ひとめ》のあるところでの私との接触を控《ひか》えていることは、わかっていた。

いつ見ても爽《さわ》やかだなあって感心する。幸せオーラいっぱいなはずなのに私を見る顔は不安そうだ。

「ああいう咲希ちゃん、久しぶりに見た」

「どういう私？」

二人で並んでエレベーターに向かうその足取りはゆっくりだ。

「年下って、付き合ったことないよね？」

私の質問には答えずに、透は話を進める。何を言いたいのかはわかるよ。何を心配しているのかもわかる。

昔はそれを特別だと思って、舞い上がったのに。

今は逆になっている。

透、もう構わないでよ。

あなたはテンネンちゃんと結婚するんだよ。もう私の傍にいる必要はないんだよ。私のことなんか気にしなくていいんだからね。

「ないなあ、年下。どんな感じかな」

「嫌いなイケメンでも年下はいいの？」

「イケメン嫌いは克服中だよ」

ふふふやったぞ、透が珍しく黙り込んでいる。

下りてくる階数表示がぴこんぴこんと光る。受付を通り過ぎてこちらに向かってくるのは、外から戻ってきた社員たち。エレベーター前に人が集まってくる直前に私は小さく呟いた。

「あの子……透に似ている」

到着音が響いて、エレベーターの中から人が出てくる。降りるのを待って、私はその中へと逃げ込んだ。

小さな個室の中は人で溢れて、透と私の間を阻《はば》む。透がどんな顔で私を見ているか知りたくなくて、ずっと床を見ていた。

透の靴がなくなるまでずっとうつむいていた。

ずっと。


料理は好き。必要な野菜を取り出して、まな板を汚しにくいものから切り始める。一番最初はサラダにするためのきゅうり、そしてニンジン。次はスープの具材。段取りを考えなければならない料理は、無心になれる。

こんぶを浸《ひた》した水はいつも冷蔵庫に常備していて、このまま使ったり、煮立ててかつおぶしを加えたりする。だしさえ取っておけば、お浸《ひた》しにも煮物にも簡単に応用できるから。

「ねえ、じゃまなんだけど」

「あ……悪い」

さっきから、背後にいる朝陽が興味深げに私の手元を見ている。

最初は「無理しなくていいぞ」「指切るんじゃないか？」と失礼なことをほざいていたけれど、だんだん無口になっていった。ざまーみろ！

「オレ、だし取る女って初めて見た」

それは自分の母親は抜かしてって意味かな？　あんたの女の遍歴見た気がする。

「っていうか、本当に料理できたんだな……意外だ」

「どこが意外なのよ！　なんでもそこそこできそうな私に向かって」

思っても口に出さないのが礼儀でしょう、と詰《なじ》りたかったけれど、意外だと言われるのは承知していたので、驚け驚けと馬鹿にしたくなる。

「エプロン姿の恋人を後ろから襲えると思って楽しみにしていたのに……手出しできなかった」

「……あんた、そんなこと思って背後に立っていたの？」

「男なら普通だろう」

にやりと笑ったかと思うと、すっと腰に腕をまわされる。スープの味見をしてお皿を置いたら、ふいに体が傾《かたむ》いた。

「ちょっと！」

「オレも味見」

顎《あご》をとられ、強引に上を向かせられる。触れ合った唇から、すぐに舌が入り込む。いや、味見したいなら、ちゃんとお皿に入れるから！　っていうか、なんの味見をしているんだこいつは！

キスをされると、反射的にそれを受け入れる体勢になる。すっかりこの男に慣らされている気がして嫌だけど、簡単に快感を引き出されたら抵抗できない。

なんていうか。最初にキスをされたときから、この男は「求めている」って意思を伝えてくる。

私の中で静かに眠っていたものを、強引にたたき起こして引きずり出すのだ。

しかも、私の聖域ともいえるキッチンで！　包丁とかまな板とか色々散らかっているし、ほら炊飯器だってもうすぐ炊けますよーって蒸気出しているし。

いつの間にか向きあわされて、長いキスを受け止める。

朝陽はエプロンの上から胸に触れてくる。押せば離れるだろうに、私の手は朝陽のシャツを掴んだままだ。

うえー、流される。食欲より性欲が勝るなんてありえない。

お腹空《す》いているのに、部屋中美味しそうな匂いで満ちているのに、この男はどうしてそっちに行くんだすぐに。

ぴんぴろりんってこの場にそぐわない音色が聞こえて、私は食欲を優先すべく朝陽の腕から逃れた。

「ごはん！　ごはん炊けたから、たべーっ！」

「オレはごはんより咲希をいただきたいね、うまそうになっている」

指！　指！　どうしていきなり入れてくるのー！　朝陽は下着の隙間《すきま》から器用に指を入れ、動かす。私の耳にも恥ずかしい音が聞こえてきて、びくびくっと体は素直に反応する。

「やっ、だめだめ」

「ココはだめって言ってない」

「それでも、だめー」

叫び声に朝陽は意地悪な目をして、くいっといいところをこすったあと、ゆるりと指を引き抜いた。「残念だな」って耳元で囁《ささや》いて、耳たぶを舐めたあとようやく離れる。

「デザートはお楽しみにとっとかなきゃな」

誰がデザートだ！　誰が。

下着に微妙な気持ち悪さを感じつつ、私は料理の仕上げに取りかかった。

ランチョンマットの上にはごはんとスープ。海藻《かいそう》入りの野菜サラダには大根をすりおろしたノンオイルの手作りドレッシング。セロリやニンジン、玉ねぎ、ごぼうが入った具だくさんの野菜スープに、塩麹《しおこうじ》につけておいた真鯛《まだい》を焼いたものに、ホウレンソウの白和《しらあ》え。中央には鳥胸肉の中華風ソースがけを置いた。

どれも前日にある程度下ごしらえしておけば、ささっと出せるものばかり。男性にはちょっと物足りないかもしれないので、おかわりできるように量は多めに作った。

朝陽がスープを口にするのを見守る。

やっぱり付き合い始めた男へ出す最初の手料理は気になるよね、反応が。

朝陽がほっと緩んだ表情をしたあと、やわらかく微笑む。

こいつのこういう顔は初めて見た気がする。いつもクールで無表情で私の前では、にやりと笑ったり意地悪な目をしたりすることが多いので、ものすごーく新鮮。

不覚にもどきっとする。

「美味《うま》い」

その一言に一安心した。料理の腕に自信はあっても味覚はひとそれぞれだ。特に私は薄味が好みだから口に合うか不安だったんだよね。

いつの間にか緊張していたみたいで、炊きたてのごはんを口に含んだ瞬間、空腹だったことを思いっきり実感する。うーん、美味しい！

塩麹《しおこうじ》もいい働きをしてくれているし、鳥の胸肉も思ったより硬くならずにすんだし。

ふっと朝陽の箸が止まるのを見て、私は顔を上げた。

ん？　なんか、苦手なものでもあったかな？

「……おまえと付き合ってきた男がうらやましくなった」

その言葉にからかう響きがなかったから、私は一瞬戸惑った。

「……私、あまり作ったことないよ」

そう、実はこうして自分の部屋で手料理を恋人にふるまうのは初めて。

元カレでさえ私の部屋で食事をしたことはない。まあ私の部屋より、元カレの部屋の方がお互いの職場から近かったせいもあるけれど。

朝陽がよくわからないというように首を傾《かし》げる。

「元カレはパスタとかカレーみたいなものが好きだったから、そういうのは作ってあげていたけど。自分のキッチンじゃないと道具とか調味料とかもそろってないから、こういうのは作らなかった。だからこうしてきちんとしたものをふるまうのは、たぶん朝陽が初めてだと思う」

う、だからそういうちょっと嬉しそうな顔で驚かないでよ。

普段、表情豊かでない男がそういう顔を見せたら、女がどういう反応するかわかっているでしょうが！

私はそれ以上見ていられなくて、せっせと真鯛《まだい》を口に運ぶ。

「ほら、私、料理はもちろん、家事全般できなさそうに見えるから期待されないし。それならそれで、男に家政婦みたいな扱いされずにすんでラッキーっていうか」

なんか、我ながら意味不明な言い訳を並べているなあ。

「……透が咲希は料理がうまいって言っていた。ってことは透は知っているんだよな」

抑揚《よくよう》のない口調に、今度は私が箸を止めた。

それって……あれ、もしかしてこの男、気にしているの？　そりゃあ透の傍にいた私のことをこいつはよく知っているし、私の気持ちが透にあったこともご存じだ。でも気にしているなんて思わなかったな。

そっか私が子リスちゃんのこと気にしないようにしているのと同じく、こいつも透のこと気にしないようにしているのかもしれない。

「大学時代はねえ、まあよく食べさせてあげていたけど。就職してからは透が一人でここに来たことはないよ？　友達と一緒とかっていうことはあったけど、夏井さんと付き合い出してからはそれもないし」

透とは外食ばかりだった。私はうちに来られることを拒んでいたわけじゃないから、透が気を遣っていたんだろう。

「貴重な咲希ちゃんの手料理、存分に味わいなさい」

「……心していただきます」

朝陽にこうして手料理をふるまうのには、下心がある。

子リスちゃんはいつも社食で手作りのお弁当を広げている。

冷凍食品を使っていないお弁当らしいぜ、という噂も私の耳には届いていた。男が子リスちゃんにどういう印象を抱いているのかよーくわかる。

だから。

朝陽にはそういう部分で比較してほしくなかった。テンネンちゃんを気に入っていたこの男が、女の何を見ているかわかっていたから。

子リスちゃんの隠れた魅力に、誰よりも傍にいるこの男が気がつかないわけがない。

だからこれは私のささやかな？　対抗意識。

透のときはテンネンちゃんが現れる前から、私は試合に負けていた。だから彼女の真似をするなんてプライドが許さなかったけれど、朝陽は違う。

私はすでに朝陽を手に入れて子リスちゃんに勝っているんだから、勝ち続けなければならない。負けるわけにはいかない。

どんどん追いついてくる子リスちゃんに。

「彼女……最近どう？」

食べ終えた食器をシンクに運びながら、切り出してみる。朝陽は氷が溶けて薄まった麦茶を口にして、ふっと息を吐いた。

「引越しも終わったし、まあ部署の男どもとも、なんとか関われるようになった」

そう、あの事件のあと、子リスちゃんは女性主任の後押しもあって引越しをすることになったのだ。朝陽のマンションの最寄り駅の反対側というのが、偶然にしてはできすぎているけど。

駅の南側は戸建てやファミリータイプのマンションが立ち並ぶ住宅地で、北側はスーパーや単身用マンションがある地域らしい。

もともとこのあたりに住んでいた主任は、駅から近くて女性専用でセキュリティーも万全な単身者用マンションを手配した。家賃は割高になったらしいけれど、安全には代えられない。

そっか。だから最近、あの子を送らずにすんでいるんだなとわかり、もやもやしていたものが消えていく。朝陽も今はあえて子リスちゃんと少しずつ距離を置いて、彼女の自立を促《うなが》しているのかもしれない。

「そっか……」

食器の汚れを水で流していく。私の汚れもこうやって洗い流せればいい。自分の汚い部分は、流しても流しても落ちない気がしていたから。

朝陽はテーブルに残っていた食器を持ってこちらに近寄ってきた。そして、腕が腰にまわって頭にそっとキスが落ちた。

「佐々木さんとは少しずつ距離を置く。しばらくは不安だろうけど、オレを信じろ」

気になっているのか？　とでもからかわれるかと思っていたのに、予想外に優しい朝陽の声に、肩の力が抜ける。

ああ私、こんなに不安だったんだって。

こんなに傷ついていたんだって。

朝陽を一人占めしたくてたまらなかったんだって。

だから私も素直に朝陽に体を預けて、腕の中におさまった。

ねえ、この感触覚えちゃったよ。匂いもなじんじゃったよ。

私、こんなに自分を晒《さら》け出しているの、あんたが初めてなんだけど、そんなこと知るわけないよね。

優しく髪を撫でられる。くっつくのが気持ちいいなんて知らなかったな。

「手伝うからさっさと洗おうぜ。オレ早くデザート食いたい」

「え？　デザートなんてないけど」

「ここにあるだろう？」

にやりと笑ってちゅっとキスをする。こいつ、馬鹿じゃないか？　こんなキャラだったか？

とりあえず泡だらけにしたスポンジを渡して、二人でばしゃばしゃ食器を洗った。

朝陽の目に私が映っている。
それがわかるくらい顔を近づけているのに目を閉じないのは、奴が「オレを見ろ」と言うからだ。
男のくせに色気のある唇がかすかに開き、舌が覗《のぞ》く。ぺろりと唇を舐められて、私は目を閉じて
深いキスを受け止めた。この男のキスは本当にいやらしい。
ディープキスの経験は当然ある。でもこいつのキスはただのキスじゃない。私の口の中から快感
を引き出そうとする淫靡《いんび》なものだ。
なんとか鼻で呼吸をするけれど、あふれる唾液をうまく呑み込めない。だんだん口の周りが濡れ
てくる。まるで足の間が濡れていくみたいに。
「んっ、ん」

舌は私の口内をかき回し、手は私の胸を嬲《なぶ》る。優しく揉み込んだかと思えば先をゆるりとかすり、頂《いただき》を尖《とが》らせて再び優しく揺らす。

じりじりとしたものが生まれて、普段はぴくりともしない場所が震えだす。私はこんなに過敏だったのだろうか。朝陽の手で作り変えられているなんて認めたくないけど。

「はっ、はあ」

ようやく唇が離れて朝陽の手が額の生《は》え際《ぎわ》を撫でる。うっすらと目を開けると情欲の光を宿《やど》した視線が私を射抜く。やだ、こいつなんで、こんな色っぽい目で私を見るの？

感情の読めない男の熱がそこには浮かんでいた。

「いやらしいな、おまえ」

「いやらしく、ないっ」

いやらしいなんて言われたことないんだぞ、今まで！

いやらしくしているのは、おまえだ！

「目うるませて唇濡らして、体を震わせている女の言うことじゃない」

反論したかったのに、指が中に入ってきたからできなかった。私は声を出すのが嫌で唇を噛みしめる。

部屋の壁は薄いわけじゃないけど気持ち的に嫌だ。

「やっ、だめ、朝陽」

小さな声で抗議しても、奴は素知らぬ顔をしている。胸の先端を舐めたかと思えば、ちゅっと唇で挟む。と同時に何本入れられたかわからない指が中で蠢《うごめ》く。

噛みしめるだけじゃ耐えられなくなって、自分の指を噛んだ。こんなのリアルではしないポーズだと思っていたのに……

中を抉《えぐ》られる。緩急つけて指だけでイかせようとする。

やっ、だめだ、もうわけがわかんなくなっちゃうよー。また好き放題されてしまう。

「指、噛むな……声出したくないなら塞《ふさ》いでやる」

それも嫌だー。だってキスされると余計にイきそうになるんだもん、やだ、やだ、こいつ、もうやだっ。

きゅうっと太股に力が入る。そして縋《すが》りつくみたいに私は朝陽の舌を絡める。ついでに背中にも両腕をまわして、意識が飛ばないように朝陽にしがみつく。

「やあっ、はっ、あんっ」

「やっ、あ、さひ」

キスやめやがったこいつ！　イかせられた私は声が止まらなくなる。

「かわいいおまえの声、クる。もっと聞かせろ」

い・や・だー。

心の声は届かずに、卑猥《ひわい》な声だけが部屋に響いた。

何度も深く突き上げられ、イったばかりの体はささいな刺激さえも快感に変わる。朝陽が与えてくる快感という名の渦《うず》の中に放り出されて、私はもう何が何だかわからなくなっていた。朝陽のセックスは、私からいろんなものを奪っていく気がするよ。

恥じらいとか理性とか……

奴の思うままに、足は高く上げられて、腕は背中にまわされる。

すると腰が密着して、朝陽の腰の動きに合わせるように私も動いてしまう。

私の奥が深い突き上げを求めている。秘められていた欲望がこうして簡単に頭をもたげる。

どんなに腰を揺らしても、もどかしくてたまらない。

イきたい、イきたいのに、もっと深く強く突いてほしいのに。

泣きたくないのに出てくる涙があることを知った。

言いたくないのに求める言葉があることを知った。

朝陽の指が伸びて、優しく私の涙を拭《ぬぐ》う。ぼんやり見上げれば、そこには苦痛を抱きながらも切ない表情をした朝陽がいた。

額にかかる前髪が汗で張りついている。そんな姿を見るだけでも濡れてくる。

「咲希……そんな目で見るな」

「だって……」

そんな目で見て欲しくないのは私の方。

そんな目をされたら、どこまでも快楽を与えたくなる。

「……激しく、シテ……」

「……やっと言ったか。オレももう限界」

恥ずかしさよりも欲望が勝った瞬間、願い通り、激しく奥を揺さぶられた。

あいていた隙間《すきま》が埋まって私の中は満たされる。そうされることで得られる幸せを感じる。

「咲希、好きだ」

この瞬間だけ、朝陽はいつも私に気持ちを伝えてくる。普段は決して言わないのに。

だからいつか言ってしまいそうになる。誰にも言ったことのない言葉。口にすらしたことのない言葉。

「愛している」って。

＊　＊　＊

「ねえ、咲希ちゃんと君が付き合っていることバラしてもいい？」

いきなりの発言に、咲希と付き合っている限りずっとついてまわるだろう子泣き爺《じじい》を、オレは無言で睨《にら》みつけた。もうおまえを王子とは呼ばない。腹黒子泣き爺で十分だ。

珍しく男二人で飲みに行こうなんて言われたから、まあどんなお小言を頂戴するかなと思っていたが……

「咲希はこれ以上噂になりたくないって」

オレはごくごくごくっと生ビールを飲み干す。刺激が喉《のど》を通り抜けて、ついでにむかつく感情もオレは飲みこんでいく。反論すれば逆襲されることをオレは学習したのだ。

「……でもこのままだと咲希ちゃんの噂、尾ひれがつきそうだ」

いやすでについているから、おまえのせいで。

オレはキャベツの上にぽんと載せられた焼き鳥の串を掴んで口に入れた。たれのしょっぱさが、ビールにはやっぱり最高に合うなと思う。

この店は焼き鳥屋なのに、鳥以外の料理も出てきてなかなかおもしろい。皿にしきつめられたキャベツの意味なんかわからないが、箸休めについつい手が伸びてしまう。さすが食にこだわりのある透がセレクトした店だ。

こいつが夏井さんとの婚約を発表した結果、当のこいつらの噂でなくて咲希の噂が広まった。

最初は透に選ばれなかったかわいそうな子、それなのにつきまとっていたなんて図々《ずうずう》しい子……

こいつがオレに突っかかってくるのは、その噂が変な方向に向かっているのを耳にしたからだろう。

これで牧野咲希は完全にフリーだ、という噂を。

オレと付き合い始めたことで、咲希の雰囲気は随分変わった。

これまでだって付き合った男はいたのに、それまでは見られなかった変化。それはオレ自身も実感して戸惑っているのだから、理由を知らない周囲は余計に戸惑っているだろう。

彼女の雰囲気が変わってきたのは、透が完全に夏井さんのものになり、咲希が透に失恋して傷ついているからだろうという憶測が飛び交っている。

はっきり言って、今の咲希は隙《すき》だらけだ。

今までつけていた仮面が外れて無防備でさえある。それは見た目とか服装の問題じゃない。オレがベッドの中でしか知りえなかったものを会社でまで覗《のぞ》かせている。

今ならオとせる。そんな空気が咲希からは漂《ただよ》っていて、オレから見てもはらはらする。

本人はまるっきり気がついてはいないが。

「……君、それでいいの？」

透は塩味の焼き鳥を口にしてから言う。

「よくねーよ。今やっと佐々木さんの噂が落ち着いてきて、周りが静かになってきたんだ。ここでまた咲希とオレの噂が広まるとまずいことになる」

今の段階でオレと咲希が付き合っていることをばらせば、今度は咲希は透からオレに乗り換えた尻軽女のレッテルが貼られるだろう。

あいつは透の傍にいたから、嫌がらせには慣れている、と自虐的に言うけれど、もうそんな目には遭わせたくない。

「佐々木さんかあ……彼女のせいじゃないけれど、色々タイミングの悪い子だよな」

咲希のことが心配なら、婚約発表をもう少し遅らせてくれればよかったんだよと思わないでもないが、透と夏井さんの事情もあるから、口にはできない。

「咲希ちゃん、最近おかしくないか？」

「あいつはいつでもおかしいぞ」

「……僕は真面目に言っている。朝陽は気にならないの？　それとも恋する男はささいなことにも気づけない愚《おろ》か者になり下がるのかなあ」

愚《おろ》か者か……こいつはどんどんオレの評価を下げていくな。

焼き鳥を焼く煙か、煙草の煙かわからないものが周囲には漂《ただよ》っている。

「何がだよ、はっきり言えよ」

透は子どものように頬を膨《ふく》らませて、それ以上言葉にはしなかった。

「あまり憶測でものを言うのは、今の段階では得策じゃないからね。もう少し様子は見るけど……気をつけてあげなよね」

言いたいことがあるなら、はっきり言えと言いたいところだが、こいつが簡単に口を割らないことはよくわかっている。

何かもやもやしたものを抱えているんだろうけれど、今のオレに言ってもどうしようもないことなんだろう。

「……おまえさ、なんで咲希の相手にオレを選んだ？」

一杯目のビールのあと、速攻で冷酒に切り替えた透は、徳利《とっくり》を掲げて軽く振る。思わず奪ってオレはおちょこに酌《しゃく》をしてやる。

透はなみなみと注《つ》がれたものが零《こぼ》れないようにゆっくりと口をつけた。

そう、癪《しゃく》でたまらないけれど、オレをけしかけたのはこいつだ。

それも自分の結婚を決めたタイミングで。

咲希には一度聞いたことがある。ソーテルヌを飲ませてほろ酔い加減な隙《すき》をついて、透の束縛がうざくはないのか、と。

咲希は、あんた何言ってんのと理解できていない表情で「束縛されたことなんかないよー」と甘えた口調で言いやがった。

こんだけ一緒にいられて自覚がないのも大概にしろよ、この隠れ天然女が、と心の中で罵倒《ばとう》した。

「えーだって、彼氏作っても別に何も言われないし、一緒にごはんや遊びに行けなくても怒られたこともないし……」などと、ぶつぶつ言葉を並べられて気づく。

確かに透はオレに対しては色々ぼやいていたけれど、咲希に行動を制限したことはなかったのだと（わからないように邪魔はしていたようだが）。

どれだけ本人に気づかれないように周囲固めているんだよと呆れ、透の策略は咲希の鈍感さによって築かれていることを認識した。

そう、透は、咲希には決して自分のそういう執着心《しゅうちゃくしん》を見せないようにしてきたんだ。

そしてそれをオレに散々思い知らせておきながら、こいつはけしかけてきた。

なんでオレならよかったんだ？

「咲希ちゃんとさあ、初めて顔を合わせたときのこと覚えている？」

答えを濁《にご》すつもりかと思っていたのにそう切り出されて、オレは「ああ」と答える。

「僕はよく覚えているよ。君を見たときの咲希ちゃんの顔。あんなふうに咲希ちゃんが初対面の男に感情を露《あら》わにするのを久しぶりに見た……それがたとえ『嫌悪』でもね」

オレは箸休めに掴みかけたキャベツを取りこぼした。

「ああ、朝陽のこと嫌いなんだなってすぐにわかった。正直複雑な気分だったよ……よりによってまたこういうタイプかって」

僕の言っている意味わかっていないよね、という風情《ふぜい》で透はにこりと微笑む。女たちが見ればおそらく頬を染めるほど麗《うるわ》しい笑顔だ。

「僕の傍にいるために咲希ちゃんはどんどん武装していった。髪型やメイクや服装の見かけだけじゃなく、敵対されないように媚《こび》を売ったり、嫌われないよう表面上にこやかにふるまったり……だからさ、人当たりは悪くないんだよ……イケメンがどんなに嫌でもすぐに表情に出さないぐらいの技術はすでに身につけていた」

透の言っていることはわかった。確かに咲希は周囲とそつなく対応できる。見た目が万人《ばんにん》受けする感じなので男からの評価も悪くなかったし、あいつもそれをわかったうえであしらっているところがあった。

オレは逆にそれが鼻についたけど。

「男好みの女を演じること、上目づかいで高い声で甘えてよりかかって隙《すき》を見せること、そういう駆け引きだって上手だった。そしてそんな咲希ちゃんでいる限り、僕は安心できていた。それは咲希ちゃんの本当の姿じゃない。素を見せられない男と付き合っている限り……咲希ちゃんが僕から離れることはない」

「自惚《うぬぼ》れすぎだ」

むかついて、今度こそキャベツを口の中に放りこむ。シャキシャキした固めの歯触りと、芯《しん》に近い部分の甘味がうっすら広がった。

「はは、そうかもね。でもだから君の存在は脅威《きょうい》だったよ。『嫌い』をすぐに顔に出してしまうぐらいの感情を咲希ちゃんは君には抱いている。武装できていない咲希ちゃんを見ているのは、本当は嫌だった。大学時代……初めて付き合った男と咲希ちゃんは同じ態度を取っていたからさ」

くいっと透は冷酒を呷《あお》った。横顔に悔しさが滲《にじ》む。

「『嫌い』ってさ、無関心よりよっぽど強い感情だろう？　もしかしたら『好き』よりも強いんじゃないかと思うぐらい。実際僕は過去、咲希ちゃんが嫌だ苦手だって言っていた男に、どんどん惹かれていく様を見ていた。おそらく僕へ抱く穏やかな友情よりも、もっと強く感情を揺さぶられていた、いいものも悪いものもあわせて。あの頃よりももっと強くそれを抑え込んで、君に対応している咲希ちゃんを見るのは、本当に苦痛だったよ。そしてよりによって君も……咲希ちゃんの感情に引きずられて揺れたろう？　女なんか適当にあしらえて、嫌われたって何とも思わない男だったくせに。君が莉緒に手を差し伸べ始めたとき……確信した。本当の咲希ちゃんを知ったとき君はのめりこむだろうって。僕と同じように」

いつの間にか半分に減ったキャベツの上にはいくつもの串が並べられていた。つくねなんか頼んだのこいつか？　と思ったけれど、適当にお任せで頼んだことを思い出した。

冷えた鳥皮をくわえてじっくり噛みしめた。

「そして実際、大学以来どんな男と付き合ったって変化のなかった彼女が……君のせいでどんどん変わっていった。だからわからない。今の彼女の揺らぎとか不安定さが君と付き合い出して現れ始めた咲希ちゃんの素の部分なのか、それとも他に理由があるのか。ああいう咲希ちゃんは僕も初めてで、正直君をけしかけたのを後悔したくなるぐらいだ。僕さえ知らない彼女を引き出す君がうらやましくて憎らしいよ」

透のこの感情が時々おそろしくてたまらなくなる。オレにとっての咲希とこいつにとっての咲希はたぶん違う。

傍にいさせたいのに手に入れない。他の男には渡したくないだろうにオレを宛《あて》がう。透が抱えている咲希への想いが、物悲しい。

咲希は知らない。自分が透にとってただの友達より近い位置にいることはわかっていても、それ以上の感情を抱かれているなんて思いもしないだろう。

こいつはそんな強い想いを、張本人の咲希にだけは隠し続けている。

咲希に抱く執着《しゅうちゃく》で彼女を傷つけてしまわないように、こいつは幾重にも自分に鎖《くさり》を縛り付けているのだろう。夏井さんもオレもきっと、透自身から咲希を守るための盾《たて》なのだ。

ふっと、憑《つ》き物が落ちた気がした。

透の思い通りに策略にのせられて腑《ふ》に落ちなかったわだかまりが、オレのなかで霧《きり》のように晴れていく。

こいつは思惑にのせたのではなく、オレに救いを求めたのだと。

咲希を咲希のままで、ずっと傍にいさせるために、彼女を壊してしまわないように。

「咲希はオレが守る、おまえに誓ってやるよ」

そう、守る。他人からもおまえ自身からも。

過去に透に言われた台詞《セリフ》をそのまま奴に返す。

オレの言葉の意味を把握した透は、悔しげに、でも嬉しそうに笑った。


昼休憩が終わる頃、オレは前を歩く佐々木さんの姿に気づいた。

ストーカー事件直後は周囲に男がいるだけで怯《おび》えていた彼女も、徐々にもとに戻りつつある。

最近は特に主任や同期らしい他課の女子社員といることが多く、いろんな人間に守られているのだとよくわかる。

彼女にはそういう空気がある。手を差し伸べてやりたくなる、支えたくなる、そんなやわらかなものが。

エレベーターの前に来て、オレは社食に忘れ物をしたことに気づいた。午後から来る来客用のお茶菓子に、うちの社食の人気メニュー、「あんこ入り生シュークリーム」を用意することになっていたのだ。

ちなみにオレはそのネーミングがおそろしくて、一度も口にしたことはない。

女子社員によれば、カロリーは気になるものの、血糖値が下がったときにはものすごくありがたいデザートなのだそうだ。あんことカスタードと生クリームのハーモニーが絶妙らしい。

一日の販売数が限られているのだが、うちの社食は一部で一般の客を受け入れているので、売り切れることがよくあるという。だから取引先にとっても貴重な一品になるようだ。

本来取りに行く予定だった事務の女の子に、社食に行くついでだから取ってきてやると言った手前、忘れるわけにはいかない。

人の流れに逆らって社食に戻りながら、人気《ひとけ》がなくなりつつあるそこに珍しく咲希の姿を見つけた。噂をされるのがわずらわしいので、時間帯をずらしてお昼休憩をとっているとは聞いていたけれど、どうして他にも山ほど席があいているのに、あの男は咲希の目の前に座るんだ？

ハーフアップにされた栗色の髪は、今日もゆるやかに巻かれ、薄手の桃色のカーディガンを羽織っている。

冷蔵庫に預けてあるお茶菓子を取りに向かいながら、咲希の目の前に座る男の顔を確かめようとした。

「よう、今宮、昼メシ今からか？」

帰りかけの同期に声をかけられたが、オレは「いや、もうすんだ」と答えて、厨房《ちゅうぼう》スタッフに声をかける。すると同期が独り言のように呟いた。

「お……やっぱ今日も一緒なんだな、あの二人。牧野さん、わかっているのかねえ」

「……あいつ、知っているのか？」

今日も一緒、という台詞《セリフ》を気にしつつ問う。

「少し前に異動してきた男だけどな。桜井の婚約が発表された途端注目されるようになった、年下のかわいいペット兼番犬だよ。犬みたいに牧野さんにまとわりついているってもっぱらの噂だ。ま、あの様子じゃ犬っていうより、オオカミっていう気がしないでもないが」

咲希は今日のランチメニューであるパスタをくるりとフォークに巻きつけている。相手の男の言葉に相槌《あいづち》を打ちながらやわらかく笑っていて、ペットの男の無邪気な様子に和《なご》んでいる空気が漂《ただよ》っている。

ああいう咲希を見るのは初めてだ。

男をその気にさせる空気と仕草。その中にわずかにある隙《すき》が、計算外にも咲希の心情を表している気がした。

「今宮さん、お待たせしました」

オレはハッとして箱に入れられたお茶菓子を受け取る。「お、あんこシューじゃん」と同期の男はうらやましそうに呟く。こいつ甘いもの好きだったんだな、と思いつつ、オレは二人から目を逸らした。

明るめの髪、清潔感のある服装、甘めの雰囲気。あの男はどこか透を思わせる。

本来の姿なのか、わざと似せているのかわからないけど。

透はオレと付き合い出したせいで咲希の雰囲気が変わったと言ったし、オレもそう思っていたけれど、本当は違うんじゃないか？

オレと付き合い出したからじゃなく、透が結婚すると決めたせいじゃないのか？

あいつはいまだに引きずっていて、だから弱くなっているんじゃないのか？

オレは弱っていた咲希を知っている。「好きでも諦めるしかない」、そう言って泣いていた彼女を知っている。

透を好きだった彼女を。

「くそっ」

オレの呟きに同期の男がどうした？　と驚いた視線を向けた。オレは構わずに踵《きびす》を返す。

自分の方に気持ちを向かせるなんて簡単だと思っていた。透がいるとわかっていて、のめりこんだのはオレの方。自信があったのは、あいつが夏井さんを選んでしまったあとだったからだ。

オレは改めて咲希の中の透の存在のでかさに慄《おのの》いていた。

＊＊＊

店内には薄暗い電球がぶら下がっている。足下の黒いタイルは私が歩くたびに、コツコツとリズミカルな音を奏《かな》でる。

テーブルについた客たちが、ずずずっとそばをすするのを見なければ、私はここが「そば屋」だとは信じなかっただろう。案内する店員さんが私の後ろにいなければ逃げ出したいぐらいだ。

うーん、騙《だま》された。

すっと手を出されて奥の席を示される。二人掛けのテーブルの上には、よりによって一輪の赤いバラ。

私は笑顔を貼りつけて素直に椅子に座った。目の前に座ったのは、邪気のなさそうなにこにこしたワンコ。赤と黒の細いラインのネクタイが、この店に似合っている。

「牧野さん、ここはそばに合わせたワインもあるんですよ。ワインと冷酒、どちらがいいですか？」

そばにワイン……いや、最近は寿司屋でも天ぷら屋でもワインを置いてある店があることは知っている。ワイン好きとしては興味がないわけではないけれど、ここは飲むべきじゃないだろう。

「ええと、お茶で。私、アルコール弱いから」

それは本当。好きだけど強くない。それにこんな場面で飲む危険性を私は知っている。ついでに余計な警戒心が相手をつけあがらせることも。

だからあせりとか怒りだとか、そういう感情は胸の奥に沈める。

海藤くんが私に興味があることは知っていた。食事にも何度か誘われたし（全部断ったけど）、仕事でも頼ってくることが多い。

でも先輩まで加担するとは……想定外だった。

「じゃあ、僕はグラスでこれを。彼女にはお茶をお願いします」

渡されたメニューをとりあえず見る。ふーん、そばのコース料理とかあるんだな。でもここは、ご飯とちょっとした前菜のある、そば御膳《ごぜん》にしようかな。かきあげ天ぷらそばも捨てがたいけど。

事の起こりは終業間際の先輩からの電話。彼は私の三つ上で、今日は海藤くんと外回りをしたあとそのまま出張に行くことになっていた。

出張先に持っていく書類を、海藤くんが先輩に渡すことになっていたのに、それを社に置き忘れたらしい。

そこで私に、直帰でいいから駅まで届けて欲しいと頼んできたのだ。

私は疑問にも思わず、帰り支度をして駅まで向かった。

するとと先輩の隣に「すみません、僕のせいでわざわざ牧野さんにおつかいさせて」と恐縮する海藤くんがいたのだ。

「食事ぐらい奢《おご》らせてください」「そうだそうだ。牧野、奢《おご》ってもらえ」「いえそんなたいそうなことしてないので、結構です」といったやりとりを経て——

「近くにうまいそば屋があるんだ、オレ予約してやるから海藤にちゃあんと奢《おご》ってもらえよ」

先輩にそこまでお膳《ぜん》立てされてしまえば逃げ場はなく、そばぐらいならいいかと、ついてきた。

後悔したけれど、後の祭り。

「牧野さん、決まりました？」

このテーブル……相手との距離がちょっと近い。

個室ではないから、周囲の話し声とか向かいの客の背中とかは見えるけれど、ついたてで仕切られているから視線はない。

なんか肌とか綺麗だよね、男のくせに。髪とかもふんわりさらさらで、女装させたら似合いそうだ。

動揺で私の思考はぐちゃぐちゃ。ああこんなのバレたら、朝陽にどんな目に遭わされるか……

「そば御膳《ごぜん》で」

「じゃあ僕も同じのにします」

日本酒を運んできた店員さんに料理を注文すると、海藤くんは「僕だけアルコールですみません」と一言断って口に付けた。

細いワイングラスに注《つ》がれた日本酒は、ぱっと見、白ワインに見える。

こういう飲み方もいいなあと思いながら、私はそば茶をずずっとすすった。

「……怒っていますか？　こんな強引なことして」

なんと答えろと？　ワンコ……

強引なことをしたという自覚があるのか？

けれど、これは策略だったと認めて「こんな手をつかっても、牧野さんとプライベートで食事をしたかった」と言われたら、まずい方向に進むに決まっている。

「怒ってないよ。こんなおしゃれなそば屋さんだなんて思わなかったから、ちょっとびっくりしちゃっただけ」

そう言うと、海藤くんは微妙な表情をして苦笑する。

ああ、今頃新幹線で西へ向かっている先輩に文句を言いたい！

この子母性本能くすぐるっていうか、なんかうまいんだもん。

嫌だー、最近透に似ているって気づいたせいもあって、余計に嫌だ。

「いつも断られるんで、先輩に泣きついたんです。どうしても僕、牧野さんに近づきたかった」

私は近づきたくない。たとえフリーでも近づきたくない人種だ、海藤くんは。

ただの年下のかわいい後輩ではない。なんか隠し持っているもん絶対。

もうスルーは無理だ。朝陽ごめん!!

「私、お付き合いしている人がいるの。その人すごく嫉妬《しっと》深くて、男の人と二人で食事したなんて知られたら、私困る。だから海藤くんだけじゃなくて、他の人からのお誘いも断っているの。ただの食事でも、ね」

「桜井さんとは別れたんですよね……」

またこれかよー。テンネンちゃんとの噂、けっこう広まったのに、どうしていまだにこんなに誤解があるの？　私がずっと傍にいたせい？　やっぱり自業自得？　社内交流会のときも友人だって言ったんだけどなあ。

「とお……桜井くんとは付き合っていないよ。彼とは高校からの友達。海藤くんがどんな噂を聞いているかわからないけれど、私には恋人がいる。だから、ごめん。あと、先輩にまでこんなことさせちゃダメだよ」

透と言いそうになって、慌てて言い直した。ここまではっきり言えば、このワンコもわかるだろう。私じゃなくても、彼なら選び放題のはずだ。

この子が傍にいるせいで、ふたたび私の周りには微妙な空気が流れている。

正直もうこれ以上、他人の注目を浴びたくない。朝陽と付き合っていることがバレたりしたら、それこそ目も当てられなくなるだろう。

口止めしていることが良いのか悪いのか、もうよくわからなくなってきているけど。

細長いお皿の上には、そば豆腐《どうふ》や卵焼きやそばがきの田楽《でんがく》なんかが並んでいて、お箸をつける。

店内もだけど、しゃれているなあと感心する。

料理が来たことで海藤くんもふっと息を吐く。

ほい、この話はもうなかったことにしましょうねー。

「結婚するおつもりですか？　その人と」

「……いや、それはわからないけど」

なんでいきなり結婚なんて話が出る？　っていうか、ワンコには関係ないだろう？

「恋人がいるからといって、簡単に諦められません。僕のことを会社の後輩でなく一人の男として見てもらえませんか」

う、う、う、手ごわいよー、助けてー。

心の中で叫びながら、私はにっこり笑った。

「それ以上続けるなら、私帰らせてもらうから」

「……わかりました、すみません」

動揺するな、怯《おび》えるな、警戒するな、と自分に言い聞かせて、味がわからなくなったそばあられがけの大根サラダを食べる。

海藤くんがぐいっとグラスを呷《あお》ったのがわかったけれど、私は何も言わなかった。飲みたい気持ちはわかるから。

とりあえずあとで朝陽に電話しよう。会いたくてたまらない。

男の部屋へいきなり行ったら、どうなるかなんて普通は考えない。

恋人なんだから、いつ行ったたっていいよね？　でも私は大学時代、恋人の部屋で浮気現場を目撃してしまったという経験があるので、一応朝陽に電話を入れた。

留守電を聞きながら腕時計を見る。まだ仕事中かな？　それとも入浴中？　先にメールも入れたけれど、まだ返信はない。

こんなふうに突然、朝陽の部屋を訪れたことはない。もともと男の部屋へ行くことに抵抗があるのだ。

「これはおまえのだから」

そう言われて渡された例のカードキーはまだ使っていない。ちなみに約束させられた通り、私の鍵は奴に渡っている。

「一緒に暮らそう」という話も上がったけれど、朝陽は親戚のマンションを間借りしている手前、それは難しいので、今のところはお互いの私物を少しずつ持ち込む程度になっている。

今、私は朝陽の部屋の前で携帯とカードキーとを見比べている。

実はしばらく下の玄関でうろうろしていたのだけれど、帰宅する住人や在駐しているコンシェルジュの視線に居たたまれなくなり、エレベーターに乗って上がってきたのだ。

とりあえず、インターホン鳴らしてみようかな？

「はい」

予想外に低い声が聞こえて、私はびくっとした。

やだ、こいつ客人にもこんな色気のある声出すの？

「え、と。私」

私ってなんだよ、それでわかるのかよ。

バタバタと音がして扉が開く。

バスローブを羽織って、濡れた髪から雫《しずく》を落としている朝陽の姿を見て、私は回れ右をして逃げ出したくなった。

「ご、ごめんね……一応、メールと電話したんだけど、お風呂入っていたんだね。ごめんね」

だから、ほとんどはだけている姿で私を抱きしめないでー。

胸元丸見えだよ。いやこんなときにきた私がいけないんだけど……

そしてどうしてこいつは玄関先で唇を塞《ふさ》いでくるんだー。

「ん、んっ」

しょっぱなから舌が入り込んでくる。いつもよりせわしく乱暴に動くそれが、大きく私の口を開けさせる。

やっ、涎《よだれ》が呑み込めない。鼻と鼻がぶつかる。唾液が舌で混ぜられる音が聞こえる。

「咲希……咲希。ちょうどおまえのこと考えていたから……マジでビビった」

朝陽は私をぎゅうっと抱きしめて、かすれた声で囁《ささや》く。こんなふうに熱のこもった言葉は初めてだ。

いきなりの訪問に怒るでもなく、私のこと考えていたって言われて、恥ずかしいけどものすごく嬉しい。何より朝陽らしくなくて、ギャップが——

「どうした？　なんかあった？　っていうか、カードキーあるんだから勝手に入ってきていいのに」

手に持っていたものがどうやら朝陽の体に当たったらしい。向けられた笑顔に心臓がどくんと音を立てる。

やっ、反則、こんな状況でこんな笑顔。

「……あ、会いたかったの。朝陽に会いたくなったから」

恥ずかしいのに気持ちが勝手に言葉になってしまう。

うわーん、私こういうキャラじゃないのに、なんて恥ずかしいこと言ってんだ！

フッと笑い声が聞こえて、がしがしと頭を撫でられる。

「すげー殺し文句だな、それ。じゃあとりあえず一緒に風呂入ろーぜ」

え？　なんで、なんでいきなりそうなるの？

こいつの考えることはやっぱり理解できないー。

「も、もう上がったんでしょう⁉」

「んー、もう一度入ってもいい。オレまだなんにも着てないし」

廊下に荷物を放置され、ついでにリネンのジャケットもその近くに放りだされ、今、私は脱衣室でブラウスのボタンを外されている。スカートはすでに脱がされて、足元に落ちていた。

いや、おかしいでしょう？

部屋に訪れたばかりの彼女を、いきなり風呂に連行するなんて。

なのにあれよあれよという間に手際よく脱がされ、風呂場に押し込まれた。

やあっ、ありえない‼

戻ろうにも目の前には全裸の朝陽。

嫌だ！　目のやり場に困る。自分の裸も見られたくない。

両手で胸元を隠して座りこむ。容赦なく頭からシャワーがかけられ、抗議の声を上げる間もなくキスで口を塞《ふさ》がれた。

シャワーの雨の中で、貪《むさぼ》るような口づけを受け止める。

何がどうなっているかわからないまま見上げると、濡れた髪がはりついている朝陽の顔。

セックスで汗をかいたあとみたいな色気を感じて、言葉につまる。

首筋から胸元を辿《たど》っていく水の流れ。

私のおしりには、すでに昂《たか》ぶった奴のものが当たっている。

一方私は、け、化粧ぐらいクレンジングでちゃんと落としたかった——なんて、わけのわからないこと考えている。

だって初めてなんだもんー、男と二人で風呂!!

「湯船にお湯たまるまで待てよ」

「う、うん」

シャワーの音以外にも、ばしゃばしゃとお湯がたまっていく音が聞こえる。いいマンションだからか同時にお湯を出すことが可能なんですねー、と思考が別の方向に逃げています。

「それまでオレが洗ってやるから」

「……その前に顔洗わせて」

朝陽に逆らうことは諦めて、とりあえず一番やりたいことをさせてもらった。

できれば椅子に座りたい、と壁の隅にあるお風呂用の白い椅子を見ながら思う。

私はあぐらをかいた朝陽の上に座らされている。ついでに言うと立派なものが存在を主張している。

そんな中、ほどよい指圧加減で私は髪を洗われている。されるがままに大人しくしているのは、もうどんな抵抗も無意味だとわかっているから。

ボディーソープの泡を大きな掌《てのひら》に出すのを見て、覚悟を決める。

朝陽は私の首から肩、お腹をゆっくりと撫でまわす。

足の指の間も丁寧に洗って、膝《ひざ》やくるぶしを往復する。

この現実から目を逸らしたくて、タイルを流れていく泡の行方を追う。けれど、背中を洗い終わった手が胸に触れたとき、びくっと震えるのを抑えることはできなかった。

だって、ずっと立っているんだもの。

びんびんに主張する胸の頂《いただき》。そしてたぶん流れている蜜。

泣きたいくらい恥ずかしい。だけど気持ちいい。

「大人しいな……」

だってどうしようもないもん。もう朝陽の手でぐちゃぐちゃになってしまいたい。

「そういう泣きそうな顔、たまらなくかわいいな、おまえ」

押さえるように胸を触られる。先端をこすられて、私はグッと唇を噛みしめたけれど無駄だった。

「あっ、あんっ」

親指と人差し指で軽くこすったかと思えば、つんと強めに押してくる。

「はっ、あん」

息を吐き出して声を逃す。反響する声はどこまでもいやらしく私の耳に届く。

涙が出そうなのは、気持ちいいせいか、恥ずかしいせいかわからない。ぼやけた視界の中で朝陽の背後にある壁を見ることしかできない。

奴がどんな顔をして私を見ているかなんて、知りたくないー。

「……そういう顔されると、すげーイケナイことしている気分になるんだけど」

朝陽の声が反響していつもより艶《つや》めいて聞こえる。そういえば、何かの本で読んだことがあった。声って耳にだけ届くんじゃないんだって。背骨とか骨盤にも振動するから、女は男の声に性的興奮を覚えるんだって。

今、まさに私はそれを味わっていた。

「……あ、さひ、のぼせそう……」

「だな。おまえ、顔も体も赤い……」

少しぬるめにされたシャワーで泡を洗い流して、せっかくたまった湯船に浸《つ》かることもなく、私はタオルにくるまれて寝室に連行されました。

何度も何度も冷たい水が唇から入り込む。

思えば初めてのときもワインと一緒に唇を押しつけられたんだった。この男は口移しで飲ませることに抵抗がないらしい。

私はあまりそういう経験がないので、飲み干すタイミングが時々わからなくなる。でも今はものすごく水が美味しい。

満足した頃、舌が絡む。冷たくなった舌がぬるくなるまで、私は朝陽の口の中に舌を伸ばした。

「……なんかあった？　いきなり来たり素直だったり積極的だったり、オレは嬉しいけど心配だ」

やぁ、もう泣きそうだよ。この男、自分の懐《ふところ》に入った人間には、ものすごく甘くなるタイプ？

無関心で冷静で醒《さ》めた部分しか知らなかったから、こういう一言にものすごく絆《ほだ》される。

私が素直なのは、あんたが甘やかすからだ。

だから言う必要のないことまで言ってしまう。駆け引きするずるい女みたいに。

怖いよ朝陽。

あなたのことを好きになりすぎて、今までの私が繕《つくろ》えなくなっているの。

こんな私じゃ、いつか捨てられるかもしれない。

それが怖いのに、逃げ出すこともできない。泥沼にはまる私。自分がこんな熱に浮かされるみたいに、男を好きになるなんて思わなかった。

透のときとは違う。

ずっと一緒にいたいと願って、ゆっくり育《はぐく》んできた気持ちとは違う。

理性なんか失ってただ溺《おぼ》れる。会うたびに体を重ねるたびに、感情が深まる。

「朝陽……めちゃくちゃに、して？」

恥ずかしいとか言っている場合じゃない。朝陽が欲しくてたまらない。

ぎゅうって抱きしめて私を不安から救ってほしい。

朝陽がかすかに目を見張って、そしてじっと私を見つめる。

そこに映る私は、あんたにはどんなふうに見えているんだろう。

「おまえマジで最悪だな……オレの理性、ことごとく破壊しやがって」

いらない、そんなもの。

だから私は、自分から唇を寄せて舌を伸ばす。そして朝陽の口内を探る。

朝陽をぽんとベッドに押し倒して上にまたがる。すでに硬直したそれを自分の手で中に誘う。ぬるりとしたものが指先に触れて、どれだけ自分が溢れているか知った。なんの抵抗もなく埋まっていくそれに私は安堵《あんど》する。

見下ろせば、そこには眉を寄せて快感をこらえる朝陽の顔があった。

まだ湿《しめ》ったままの髪が額に張りついていて、私はなんだか愛しくなってそっとそこにキスを落とした。

私の髪も濡れているから、くるりとはねた毛先が彼の頬に当たる。

体を起こし、目を閉じた。自《みずか》ら宛《あて》がうことも男の上で腰を振ることもあまりやったことがなかったけれど、今は朝陽を刻みつけたかった。

拙《つたな》いながらも腰を動かす。一番いいところを自分で探ってこすりつけるようにすると、朝陽の掌《てのひら》が優しく胸に触れてくる。

「はっ、あっ」

「咲希……いやらしい」

「いっつも、それ、ばっか」

「もっと、いやらしくなれ」

ぐいっと強く突き上げられる。互いに激しく腰を打ちつける。

奥に溶けていく水音と肌の重なり合う鈍《にぶ》い音が淫靡《いんび》なハーモニーを奏《かな》でて、私も歌うように声を上げた。

＊　＊　＊

携帯には咲希からのメールが入っていた。

「今から行ってもいい？」というシンプルな内容に笑みが零《こぼ》れる。こいつは見かけとは裏腹に、メールが素っ気ない。デコメとか絵文字とか好んで使いそうなのに、業務連絡ばりのシンプルさだ。

留守電に残された声も硬い。でもオレは消さずにそのまま残す。

髪も乾かさないで始めてしまった行為のせいで、咲希の髪は背中にはりついている。うつぶせでぐったりと目を閉じている横顔には幼さが浮かんでいる。

エアコンの温度を調節して、ケットをかけてやった。

約束もせずに、オレの部屋に来たのは初めてだ。メールの文面からも咲希の戸惑いが伝わり、正直オレは驚いた。

シャワーを浴びた直後にインターホンが鳴り、「私」という声とモニターに映った姿に、オレはなりふり構わず飛び出した。

社食で後輩とランチをする姿を見てから、オレは相手の男のことをこっそり調べた。

佐々木さんと同期の海藤雅空。学生の雰囲気が抜けきらない容貌だが、礼儀をわきまえていて、そこそこ仕事もこなす。社内交流会という名の合コンにもこいつはいたらしい。

他人を萎縮《いしゅく》させない力の抜き加減がどことなく透に似ている気がしたけれど、それは周囲の見方も同じだった。

透の代わりのように咲希の前に現れた男に、何かがあったわけでもないのに燻《くすぶ》ったものが胸に湧き起こる。

今の咲希が不安定なことはわかる。もちろん、その原因も。

しかも彼女自身それをどう扱っていいかわかっていない。

咲希を知れば知るほど、ぼやけたものが増えていく。

しっかりしていて、そつなく周囲と接することができる。仕事も人間関係も器用にこなしてきたのだろう。

そういう力がありながら、オレに対しては不器用さが丸出しだ。

どちらかといえば甘えたいタイプなんだろうに、気丈にふるまう。その掴みどころのなさがオレを惹きつけてやまない。

さらに今日みたいにおおよそ彼女がやりそうにないようなことをやられたら、愛しさが増すのは仕方ないだろう？

咲希の明るい髪をそっと撫でる。

構いたくてたまらなくなる。苛《いじ》めてオレにしか見せない部分を引き出したくなる。

大事にしたいと思うのに、泣かせてみたいとも思う。この女は相反する感情を男に植えつける。

「サイアクな女だな……マジで」

けれど……不安にさせたいわけじゃない。怯《おび》えさせたいわけじゃない。

その表情の裏に隠されたものがあることを、オレは漠然と感じていた。

＊　＊　＊

台車の上に載せたファイルが落ちないように慎重に押していく。これを備品室の倉庫まで運べば今日の私の業務は終了。

最近の台車は動作がスムーズでタイヤの音も静か、こういうささいな技術の発展が企業をも発展させるんだなあなんてしみじみ感じていたら、同じように備品室の扉に入っていく背中が見えた。

台車を廊下の端に寄せてドアを開ける。隙間《すきま》から聞こえてきた声に私は固まった。

「ごめんなさいね、こんなところまで呼び出して……佐々木さん」

このちょっと高めのかわいらしい声には、聞き覚えがあった。

アニメ声だから嫌だと本人はしきりに言っていたけれど、その声と見た目がおそろしくマッチしていて全然嫌味のない子だった。

新人研修のときに私が指導した子だ。その声に似つかわしくない台詞《セリフ》と、佐々木という名前に私はドアノブを握ったまま、聞き耳をたててしまう。

ここは人気《ひとけ》のない備品倉庫。呼び出しをするには最適な場所だけれど……よりによって彼女が呼び出した相手は子リスちゃん!?

呼び出しに素直に応じて、こんな場所にくる子リスちゃんにも、またあの後輩が呼び出しなんてすることにも驚いた。ドアの向こうに耳をそばだてながら、台車に載せたファイルを見下ろす。

どうすんのよ、これ。

このまま見なかったことにする？　それともとりあえずこの場から離れて、頃合いを見計らってもう一度来るべき？　もしくは何も知らずに突入した方が二人のため？

「あの、お話って……」

「私、橋口《はしぐち》さんと付き合っているの。会社では内緒にしているんだけど」

男の名前が出て私はようやく事態を把握した。子リスちゃんと同じ課で、朝陽の先輩であるその人は、当然子リスちゃんを気にかけている。

「佐々木さんがつらい目に遭ったのも知っているし、同じ女として理解しないといけないってわかってる。でもそれで私と彼の時間は制限されているの」

「ごめんなさい！　本当にごめんなさい」

ぎゅっと胸に痛みが走る。こんな悲痛な声で謝られたら…………

「やめてよっ!!　そんなっ、そんなふうに謝ってほしいわけじゃない！　あなたが、あなたがそんなだから！　誰もが優しくするからってそれに甘えないでよ!!」

彼女らしくない口調に、私もびくっとした。もしこの子の普段の人柄を知らなければ、なんて嫌な女なんだろうと思ってしまうほどの言葉。

同時にテンネンちゃんに絡んでいた女たちのことを思い出し、複雑な気分になる。

そう、彼女たちだってきっと悪い子じゃない……でも女は男が絡むと豹変するのだ。

いつもは大人しくて優しいこの子でさえ。

「わかりました……本当にすみませんでした。お二人にご迷惑おかけして申し訳ありません」

子リスちゃんは泣くのを我慢している。こんな態度をとられたら誰だって胸が痛む。

「あ、謝ってほしいわけじゃないって言っているでしょう！　いいかげんに自分の面倒ぐらい自分で見てって言っているの！　周囲がいつでも守ってくれるからって調子にのらないで！」

まずい！　これ以上は！

私はとっさに台車をドアにぶつけて音を出した。今この場所に来ました、みたいに。

それをいったんドアから離して、ためらいつつもう一度ノブに手を伸ばして開けた。

むわっと蒸した空気が顔に当たる。この部屋には換気用の小窓しかないのだ。青白いライトが、無機質な明かりを放つ。

足早に通り過ぎていく靴が、ずらっと並ぶ棚の下から目に入り、反対側にある出口から出ていった。この部屋に残っているのは子リスちゃん？　それとも後輩のあの彼女？

わからないけれど、とりあえずドアから台車を中に入れる。

何も知らない、何も聞いていないみたいにふるまわなければ、ここに残っている人は居たたまれないだろう。

私は顔を覆《おお》ってうつむく後輩を見つけた。

知らない振りをした方がいい、声をかけない方がいい、そんなこと頭ではわかっている。私が関わったってどうしようもないこと。でも、やっぱり放っておけない。

「……ねえ」

彼女は、びくっと肩を震わせてゆっくり顔を上げる。ふんわりしていた髪は今は真っ黒なストレートになっていて、白いシャツに紺色のスカートはかちっとした印象だ。総務部から秘書課に異動してから、かわいらしいイメージは薄まり、大人っぽくなった。

「ま、きのさん」

「ごめん……聞こえちゃった」

いや盗み聞きしちゃったんだけどさ、ごめんね。

驚いた顔が今度はくしゃっと歪《ゆが》む。

「私……最悪。あんなひどい言い方するつもりなかったのに。ただ彼ともう少し距離をとってもらえたらって。そう言うつもりだったのに……止まらなくなっちゃって……」

「うん、わかっている。あなたがそういう子じゃないって私わかっているから」

「牧野さん……」

子リスちゃんのせいじゃない。彼女はストーカーの被害者で傷ついているのだ。

だから仕方ない。私だってそう何度も言い聞かせた。

でも醜《みにく》いものがどんどん溢れてくる。自分でも止められないくらいひどく歪《ゆが》んだ感情。

責めてはいけない人を責めるずるさ。

恋人を信じられない弱さ。

汚く黒い部分が生まれるのを彼女のせいにしてしまう醜《みにく》さ。

それをこの子も私も抱えている。

小さく声を上げて泣き出した彼女の肩を、私はそっと抱きしめた。紙と埃《ほこり》の匂いが混じった備品室で湿《しめ》った声だけが響く。

「お世話になっているお礼にって、彼はクッキーをもらったんです」

落ち着きを取り戻した彼女に手伝ってもらいながら、ファイルを棚にしまう。

備品室には空調なんてないから、脇からも背中からも汗が滲《にじ》んでいる。

ロッカーに着替えあったよね、と思いながら後輩の次の言葉を待った。

「手作りのクッキー美味しいよって、嬉しそうに私にも差し出してきて……私、お料理苦手だから
なんだか比べられた気になったんですよね、勝手に」

そっか、子リスちゃんはお弁当だけじゃなくお菓子も作れるんだな。それほど女子力が高ければ

そりゃあモテるだろう。

「佐々木さんを送ったあとで待ち合わせしよう、とか。彼女中心ってわけじゃないんですけど、彼女のせいで私たちの時間が奪われている気がして。仕事でもずっとサポートしているみたいだし、二人でいるのが目について……彼女をサポートしているのは、彼だけじゃないってわかってはいたんですけど」

たまりにたまっていた小さな不安や不満が、クッキーで爆発しちゃったんだな。

「私が佐々木さんに意地悪言ったって知ったら、彼、呆れるだろうな」

かたんと最後のファイルを入れ、後輩は脚立《きゃたつ》から下りる。独り言のような言葉がずきんと私の胸をつく。

「牧野さんが来なかったら、たぶんもっとひどいこと言っちゃってたんでしょうけど」

うん、だから邪魔したんだよ。だって子リスちゃんを傷つけたことに、あなたもものすごく傷つくだろうと思ったから。

子リスちゃんを前にすると止まらなくなる。

それはこの子だけじゃない、私だって同じだ。どんなことを言えば傷つけられるか、そんなことを思い浮かべてしまう。泣かれると、やめるどころかもっと追い詰めたくなる、そんな残虐な部分が自分にあると自覚するのがきつい。

「手伝ってくれてありがとう。これで終わりだから鍵しめて出よう」

「あ、はい。すみません、なんか一人べらべらと」

私はゆるく首を振った。ううん、私は聞くしかできないんだよ。慰《なぐさ》めることも、もちろん窘《たしな》めることもできない。

「不安があったら、彼に言った方がいいよ。きっと受け止めてくれるから」

「……そうですね」

空《から》になった台車を廊下に出す。人の心もこんなふうに簡単に軽くなればいい。汚いものをこうしてどこかにしまって鍵をかけてしまえれば。

かちっと鍵を締める音を聞く。私の中にある汚いものを閉じ込めるための鍵は、あと何個増えていくんだろう?

朝陽が言う「大丈夫だ。オレを信じろ」という言葉を、私はどこかで信じられずにいる。

私はずっと、それを朝陽がイケメンだからだとごまかしていたけれど。

テンネンちゃんや子リスちゃんを、地味だの大人しいだのと馬鹿にしていたけれど……

裏返せばそれは——

すべて私が抱えるコンプレックス。

どんなに着飾ってごまかしても、中身は簡単には変えられない。

自分の足りない部分を見ないようにして、彼女たちの足りない部分を非難している。

他人には「自信持ちなよ」とか「不安は言いなよ」なんてえらそうなこと言えるのに、私は自分が抱えているその汚さを受け止めることができない。

自分をどうやって高めていけばいいかなんてわからない。

どう変わればいいのかわからない。

あの子が、子リスちゃんに言い放った言葉は、私が言いたかったこと。

そんな汚いものを抱えている私を知れば、朝陽はいつか私を見限って別の誰かを選ぶ。

子リスちゃんの一途《いちず》な朝陽への想いが見えるから、私は不安の芽を摘むことができない。

好きになりすぎて苦しいよ……朝陽。

＊＊＊

「じゃあ、今週末までに資料をそろえて提出。取引先には明日朝イチでアポイントとって、メールでもいいから結果知らせて」

主任がテキパキと指示を与えると、小会議室からメンバーが退出していく。顎《あご》のラインにそって切りそろえられた真っ直ぐな髪を耳にかきあげながら、主任は言い忘れたことないわよねと自分のスケジュール帳を見て呟いていた。オレも手元の資料をまとめ、氷が溶けて薄まったコーヒーの残りを飲み干した。

「じゃあ、オレも先に戻ります」

「あ、今宮、ちょっと待って」

振り返ると主任は、ちょいちょいっとオレに椅子に座るように促《うなが》す。

主任の左手の薬指に指輪はないけれど、れっきとした既婚者で旦那は現在海外に単身赴任中らしい。

厳しいけれど面倒見がいい姉御肌《あねごはだ》の上司は、オレたちを視線だけでコントロールする特技を持つ。

二人だけになった小さな空間で、主任はスケジュール帳をぱたんと閉じて、オレに向き直った。

オレ、何か小言を言われるようなことでもしただろうか。彼女に頼まれた最近の仕事内容を思い出してみるけれど、心当たりはない。

主任は珍しく難しい顔をして、考えこんでいた。

「何か……」

「あんた、もしかして彼女いるの？」

「何かミスでもありましたか？」と聞こうとしたら、声をかぶせて言われた。オレは呆気《あっけ》にとられる。なんだ、いきなりこの人。そりゃあ就業時間は過ぎたけれど……

「答えなければいけませんか？」

「……睨《にら》まないでよ今宮。私だってわかっているわよ、こんなこと会社で聞くべきじゃないって……」

決してからかうつもりで発言したのではないことは、彼女の性格からも窺《うかが》える。

だからこそどんな意図が含まれているのか聞くのが少しだけ怖い。

社内で公《おおやけ》にしたくないという咲希の希望や今の状況を考慮すると、慎重に答えなくてはならない。

主任はオレから目を逸らし、頭をかいてうつむく。

「ああ、あのさ、ぶっちゃけ言うけど、私らはいずれあんたは佐々木さんとくっつくんだと思っていたのよ。だから彼女のフォローを頼んだし、そのままいい感じになるんじゃないかなあと思っていたわけ」

オレはあからさまにため息をついた。

私らってことは、他にもオレと佐々木さんの進展を望んでいた輩《やから》がいるってことかよ。

そういう雰囲気が課内にあることは薄々感じていた。あからさまに否定はできなかったけれど、オレは一定の距離は崩さなかったつもりだ。

「なのに佐々木さんは、あんたといるとちょっと苦しそうだし、あんたはあんたで距離を縮めないし……私らの読み、もしかしてはずれていたのかなあって気になって」

苦しそうと言われると、オレにはどうしようもない。

彼女にだけは咲希と付き合っていることを話した。それは咲希を安心させるためでもあったし、佐々木さんに対する牽制《けんせい》でもあった。

彼女がオレにそういう感情を抱いていたことは気づいていた。でもオレには咲希がいる。

「いますよ彼女。でも他言無用でお願いします」

「やっぱりー。でもいつから？　佐々木さんの指導する前から？　だったらあんた最悪よー」

「なんで最悪になるんですか？」

「だってあんた、珍しくよく面倒見ていたじゃない！　あんたみたいな男に面倒見られたら誰だって勘違いするってもんよ、あああ、ほんっとうに最悪な男」

まるで酒でも入っているかのような口調で、主任はオレをこき下ろす。

なんでだよ、オレは男も女も関係なく、普通に指導はしてきたぞ、これまでだって！　彼女が嫌がらせなんかされなきゃ、もっと距離を置けたはずだ。

「ってことは、彼女って社内の子じゃないのよね？　そっかあ、まあそれならいいのかなあ。うーんどうなのかしら」

「社内の女じゃないって、なんで言い切るんですか？」

オレは喉《のど》の渇《かわ》きを覚えてカップに口をつけた。

溶け切れなかった氷が口の中に広がる。

主任はがばっと顔を上げてオレを見ると、目を細めた。その目は明らかにオレを馬鹿にして非難している。

「言ったでしょう……私らはあんたと佐々木さんはくっつくもんだと思っていたわけ。指導中からあんた彼女のこと庇《かば》っていたし、今だって私たちが頼んだせいもあるけど彼女との距離、誰よりも近いでしょう？　社内の噂だって否定しなかったし。いつからその恋人と付き合っているのか知らないけど、もしその子が社内の子だったら、そりゃかなりきついだろうなあと思うわけ。社外ならそういうの知らずにすむし、このままあんたにフォロー頼んでもいいかなあと思うけど、でもどっちにしろ佐々木さんにはきついよねえ」

さらに、「恋人がいるなら……もうこれ以上は無理かな……」と主任は言う。

オレはぎゅっと拳を強く握りしめた。

「いいよ」と言いながらも、不満を隠しもしなかった咲希を思い出す。

改めて主任から言われて、オレがこれまでどれだけ咲希を不安にさせていたか思い知らされた。

オレはどこかで甘えていたのだろうか。互いの気持ちがあれば、大丈夫だと思いあがっていたのだろうか。

「ねえ、まさか社内の子じゃないわよね？」

何も答えないことが答えになることもある。

「だったらあんた早く言いなさいよ！　そりゃ勝手に誤解してあんたに頼った私たちも悪いけど。っていうか、大丈夫なの、彼女……。今のあんたと佐々木さんの関係って……彼女だったらかなりきついわよ」

大丈夫なんかじゃなかった。

社内でも無防備で隙《すき》だらけだし、いきなり部屋に来るほど不安定だ。

「嫌だ」と咲希はそうはっきり言ったのに。

目を閉じる。

咲希の笑顔がどれだけ儚《はかな》いものだったか思い出し、不甲斐《ふがい》ない自分を殴りたくなった。

＊　＊　＊

佐々木さんを見かけると、その視線の先を辿《たど》ってしまう。

私の存在を知っているとはいえ、朝陽への気持ちまで、私が口を出すことはできない。

誰かが誰かを「好き」な感情まで否定してはいけない。

それをすれば、私は透に片思いしていた過去の自分も否定することになる。

それでもいつか口に出して言ってしまうのではないか。

「朝陽を好きにならないで」って。

それを言ったら、私は本当に最悪な女だ。

朝陽と一緒に会社から出ていく後ろ姿を見かけた。手にした封筒から書類を出して、朝陽の言葉に頷《うなず》いている。

足を進めた朝陽の背中に、一瞬だけ視線が固定する。頬にかかる髪を耳にかけながら、視線を伏せて追いかけていく。明るいグレーのスーツはまだ子リスちゃんに馴染んでいない。だけど、初々《ういうい》しくて好感が持てる。

「咲希ー？　また今日も今からお昼休憩なの？」

社食から戻ってくる七穂に声をかけられて、私は曖昧《あいまい》に頷《うなず》いた。

今の私はどんな顔をしているんだろう。嫉妬《しっと》にかられた醜《みにく》い顔？　それとも敗北感が滲《にじ》む惨《みじ》めな顔？　あんな一瞬の視線を勝手に深読みして……自分の傷をナイフで抉《えぐ》っているようなものだ。

我ながら自虐的……

「じゃあそのうちごはん食べにいこうねー」という七穂の言葉に返事をして、ふっと顔を上げる。

すると見覚えのある姿が視界に飛びこんできた。テンネンちゃんだ。

あの子あんな表情もできるんだ、とちょっとびっくりする。出入りのないドアをじーっと見つめている。困ったような情けないような表情をして、むすっと口元を小さく尖《とが》らせている。

ふっとその視線がこちらに向き、やましいことなんかないのに、私は戸惑った。

「牧野さん」

語尾にハートマークでもついていそうな口調が相変わらず忌々《いまいま》しい。

私に冷たくされていることはわかっているだろうに、彼女は懲《こ》りずにいつも私にきらきらした目を向けてくる。

「もしかして今からお昼ですか？　私もなんです。ご一緒してもいいですか？」

……………

両手をぎゅっと握りしめて、必死に言ってくるテンネンちゃんの意図は読めない。

反射的に眉間を寄せてしまったけど、私はふっと力を抜いた。冷たくしても彼女の態度は変わらない。鈍《にぶ》いのか、心が広いのかよくわからないけれど。

結婚が決まった女の余裕？　なんて穿《うが》った見方をする私の方がどうかしている。

「いいわよ、夏井さんが奢《おご》ってくれるなら」

テンネンちゃんはちょっと呆気《あっけ》にとられたあと、ぱあああっと頭に花でも咲いたみたいに笑顔になる。悔しいけれど、私の中に淀《よど》んでいたものがすっと流れていく。

透はきっと彼女のこういう部分に惹かれたんだろうって認めざるを得ない。それは彼女が持っている宝物。

「奢《おご》ります、むしろ奢《おご》らせてくださいー。特別スペシャルランチでも大丈夫です!!」

大げさにはしゃぐ彼女に呆れながら、さっき見た子リスちゃんの視線を記憶の彼方《かなた》に閉じ込めた。

金曜日。

今日は偶然にも私も朝陽も飲み会だ。私は突然異動が決まった課の先輩の、朝陽は産休に入る女性社員の送別会。

ちなみに佐々木さんの指導は当初その女性の先輩が担当する予定だったのに、妊娠発覚。つわりがひどくて入院みたいな流れで朝陽が請け負うことになったらしい。

お互い二次会には出ない予定だけれど終わる時間が不明なので、お開き次第、朝陽のマンションへ向かうことになっている。幸いお店もマンションから徒歩圏内だ。

携帯を確認するけれど、「今から店を出る」というメールはまだ来てない。

「牧野さん、二次会どうしますか？」

もうすぐお開きになりそうな空気の中、席がばらばらになったのを見計らって、海藤くんが私の隣に座った。

手にはビール瓶を持っている。傾《かたむ》けられたらコップを差し出すしかなくて、私はお酌《しゃく》をしてもらう。

おそば屋さんでの一件以来、海藤くんは私から少し距離を置くようになった。

「彼と約束しているから、二次会には出ないけど」

私はそうはっきりと告げた。海藤くんはお皿に数個残っていた枝豆に手を伸ばす。

「オレも帰るので送ります」

え？　断言？　送っていいですか、とかじゃなくて？

私の不満そうな顔に気づいたのか、海藤くんはすまなそうにしながらも言う。

「このへんあまりガラがよくないんです。牧野さん以外の女性陣は二次会に行くそうです。彼との待ち合わせ場所まででいいので送らせてください」

そういう言われ方をすると、どう断ればいいかわからない。開始時間が遅かったから、すでに夜の十時をまわっている。そう聞けば一人で帰るのも不安だし、かといって、タクシー使うほどの距離はない。目の前には、譲《ゆず》れないという目で訴えかけるワンコ。

この際、もう交際相手が誰かを言った方がいいような気もするけど……どうなんだろう。

「……わかった」

「ありがとうございます」

お礼を言うのは私の方なのに、ものすごく嬉しそうな笑顔で言われて「いえ、こちらこそ」と言ってしまったのは仕方がないと思う。

「牧野さんって雰囲気変わりましたよね」

少し間をあけて並んで歩く。生暖かいのか涼しいのかわからない風が吹いて、髪が頬に当たった。

「そう、かな？」

実は、最近そういったことをよく言われる。

自分では何がどう変わったのかわからない。

「それって褒めているの？　それともけなしているの？」

海藤くんになら聞けると思って、質問した。

海藤くんはちょっと難しい顔をして、何やらぶつぶつ呟く。ワンコならワンコらしくきゃんきゃん吠えればいいのにな。横顔が若々しくて憎らしくなる。

「けなしているわけじゃありません……むしろかわいいっていうか、でもそれはそれで複雑っていうか」

「なーに言ってんだか」

派手な看板や居酒屋、ちょっとエロいブティックが立ち並ぶ通りを歩く。

このあたりのおねーさんたちの仕事着にでもなるんだろうか。胸元のぱっくり開いた赤いドレスだとか、スリットの大きく入ったレースのスカートだとかが飾られている。花屋の店先には小さな花束のブーケに胡蝶蘭《こちょうらん》の鉢植え。赤ちょうちんは古ぼけているけれど、温かみを感じた。

確かに女一人で歩くにはちょっと怖いかもしれない。黒服を着たお兄さんが客引きをしているし、派手に着飾ったお姉さんが店の前に立っている。

たくさん飲んだわけではないけれど、体はふわふわしていた。年齢とともにアルコールに弱くなったのかなと、しょぼくれたことを考える。

ちょっとだけ早足になるのは、海藤くんと二人で歩く時間を少しでも短くしたいから。

「牧野さんの彼、迎えに来たりしないんですね」

「今日はあっちも飲み会なの。連絡ないから、まだ終わっていないんだと思う」

かつんかつんとヒールのリズムを崩さないように歩く。

特定の恋人がいなかったら、男女の駆け引きが始まりそうな場面だ。

でも今の私にはそれを軽くかわす余裕もなくて、なぜかきつく海藤くんに対応してしまう。

ななめになっている道路にかくんっと足をとられて、海藤くんに腕を支えられた。

「大丈夫ですか？　牧野さん」

「ん。大丈夫、ごめん」

まずいまずいまずい！　酔ってない！　私酔ってないよね！　わざとじゃないから、わざとじゃ。

でも海藤くんは掴んだ手を離さない。

「危なっかしいです。誰かにぶつかって絡まれるのは勘弁してください」

「う……ん」

そう言われると強く振り払えない。私って実は流されるタイプ？

朝陽とのはじまりだってそうだったし、強引にやられると拒めないタイプだったのか、実は！

ぐるぐるとどうでもいいことを考えてしまう。でも確かに支えてくれていると歩きやすい。

「駅へ向かうなら、こっちが近道ですから」

そう言って海藤くんに引きずられるまま、見慣れない公園へ足を進めてしまいました。

＊　＊　＊

「何がつらいかって、つわりよりもお酒が飲めないことですよー」

今度産休をとることになった女性がそう言った。

八か月に入ると言うが、まだお腹はそれほど目立たない。もともと細身のせいだろうか。それでもローヒールの靴にしたり、大好きな酒を我慢している姿は、いつもと違う側面が見える。今回の妊娠を機に結婚が決まったその人の喜ばしい出来事で、佐々木さんの指導係がオレに変わった。

オレはビールでちびちびと口の中を湿《しめ》らせる程度に留めた。飲む気になれなかったのだ。

佐々木さんは彼女のお腹に手を当てて「動いてくれないかなあ」と無邪気に胎動《たいどう》を待っている。

私の代わりに飲んでねーと勧められているのもあるけれど、今日の佐々木さんのペースはかなり早い。ビールが苦手な佐々木さんのために注文されたカクテルを飲んだせいで、すでに頬は赤く染まり、目も潤《うる》んでいる。先輩たちはそんな佐々木さんの様子にはらはらするようで、「佐々木さん、ウーロン茶にしようね」と声をかけている。

「飲み会の前に、佐々木さんには指導係の交代を伝えるから」と主任から聞いた。

あと数週間の期限は残っているが、主任に言われたら応じるしかない。交代の表向きの理由は、産休に入る女性の仕事をオレが引き継ぐことになったから。それに日々の送迎も完全にしなくてよいことになった。これで同じ課の社員というだけの関係に戻る。

「佐々木さんいい子だと思うけど……今宮にとってはそういう対象じゃない？」

最後のあがきのように漏らした主任の言葉に、オレは必要もないのに「すみません」と謝った。

いい子であることは、オレだってわかっている。

以前咲希にも言われたように、咲希と付き合う前に佐々木さんの指導係になっていて、彼女から気持ちを伝えられたら、オレは確かにそれに応えたかもしれない。

でもその仮定には意味がない。

オレは咲希を知ってしまった。自分でも面倒だとわかっていたのに関わってしまった。

そうして本当の姿を知った今、オレの心をここまで動かす存在は他にはいない。

「今日は佐々木さんはオレが送ります……オレからもきちんと伝えたいので」

「わかった、お願いね」と主任は少し寂しそうに微笑む。

佐々木さんは二次会には行かない。連れて帰る身としてはあまり飲みすぎてほしくないけれど、彼女を止めることはできなかった。

オレはいつしかビールさえ飲まずに、ウーロン茶に手を伸ばし始めた。

先輩が隣に腰を下ろして、「今宮くん、もうビールおしまいなの？」と驚いていた。

オレは崩していた膝《ひざ》を戻して先輩のコップにビールを注《つ》ぐ。

「主任に聞いたんだけど……今宮くん彼女いたんだね。まあ、いないわけがないだろうけどさ」

ぼそぼそっと呟いて、遠くにあった春巻きの皿を寄せてくる。

「社内の子なんだろう？　彼女から……何か言われなかった？」

すぐに減った彼のコップにビールを注ぎ足して、オレは次の言葉を待った。

「いや、実は僕も社内の女の子と付き合っているんだけどさ……佐々木さんのフォローのことも説明はしていたんだけど、やっぱり嫌だったみたいで。疑われたっていうか不安にさせたっていうか……そんなに親しくしていたつもりはなかったんだけど、僕でさえそうだからずっと近くにいた今宮くんは、彼女と喧嘩《けんか》したりしなかったのかなって、なんか気になっちゃって」

丸い眼鏡がずれて鼻の上に載っている先輩は、酔いがまわってきているのか目元が赤く、口調が砕けてきている。

付き合っているという社内の女子が誰なのか気になったが、あえて問いはしなかった。

冷えた春巻きは皮がしっとりしていて噛み切りにくい。それほど多く関わりをもっていない先輩の彼女でさえ気にするのだから、主任が言った通り咲希が抱いていた不安はかなりのものだろう。

けれどそれも今夜で最後だ。指導係からは離れ、サポートもしない。

最初から引き受けなければよかったのだと後悔しても遅いけれど、これからは咲希を甘やかそうと心に決める。

そのためにもオレは佐々木さんの気持ちを……きちんと拒否しなければならない。

ふいにアルコールを飲みたくなったけれど、やっぱりオレはウーロン茶を手にする。

店を出る前に咲希にメールをすべく携帯を取り出したけれど、佐々木さんを送ってからにしようと思い、ポケットにしまった。できるだけ早く解決すればいい、そう願いながら。


「外はまだ暑いですねー」

語尾を伸ばす舌たらずな口調は酔っ払いの共通項なのだろう。咲希も酒を飲むと、口調が幼くなるのを思い出す。

首に張りついたシャツの襟《えり》が気持ち悪くてネクタイを緩めた。風がかすかに吹いているが、涼しいのか生温《なまぬる》いのかよくわからない。

「酔いをさましたいので、歩いて帰ってもいいですか?」と佐々木さんに言われ、少し時間はかかるものの、オレたちは歩いて帰ることにした。

佐々木さんは跳ねるように歩いたかと思えば、ゆっくり歩いたりと、歩調が一定じゃない。

髪が少し伸び、毛先がくるりとカールしている。細かいプリーツが入った白いスカート、袖がふんわりした水色のブラウス。シンプルで彼女らしい服装だ。爪は丸く短くてなんの色ものせてない。薄化粧だが、今夜だけ頬をピンク色に染めている。

「先輩の赤ちゃん、女の子らしいですよ。でもぼこぼこってお腹を蹴る力が強いから、本当は男の子だったりしてって言っていました」

話題がくるくると変わる。仕事の話をしたかと思えば、社食であった出来事を話し、近所でいつも見かける野良猫の話になる。

オレは相槌《あいづち》を打ちながら会話を途切らせまいとする彼女に協力する。

「公園、横切ってもいいですか?」

駅の近くにある公園は木々が多く、朝はジョギングをする人や犬の散歩をする人たちに利用されている。けれど、夜は少し街灯の明かりが暗いため、よくカップルを見かける。

木々の葉の色はまだ緑色で、薄暗いライトが等間隔で並んでいた。彼女のマンションまであと少し。やけにべったりひっついているカップルが背後に消えて行くのを見計らって、数歩前を歩く佐々木さんの背中に、オレは思い切って声をかけた。

「最後まで指導できなくてすまない」

ぴたり、という言葉があてはまる感じで、佐々木さんの足が止まる。

「ブランコだー」という無邪気な声に、オレの言葉にではなく遊具に気づいて立ち止まったのだとわかった。錆《さび》ついて青い塗装がはげた滑《すべ》り台。それにブランコが二つ並んでいる。

佐々木さんはそちらに向かって歩くと、ブランコの鎖《くさり》を掴み、小さく揺らした。

「私こそ色々ご迷惑をおかけして、申し訳ありませんでした」

少しだけくだけた口調で佐々木さんが言う。

口元は微笑んでいるとはいえ、オレを見る目は泣きそうで、ブランコの傍に立ち尽くす彼女にそれ以上近づくことはできなかった。

「主任に謝られちゃいました。今宮さんには彼女がいるらしいから、傍にいるのはつらいでしょうって。知らなかったのに、くっつけようとしたりしてごめんなさいって」

オレから距離を置くように、ふらふら佐々木さんは歩いていく。古びた丸い水飲み場の傍で立ち止まると、うずくまって地面に手をついた。気分でも悪くなったのかと思い、慌てて近づく。

「佐々木さん、大丈夫か？」

腕を掴むと口元を手で覆《おお》った彼女がオレを見上げる。そこに浮かんでいた涙が、目じりから流れていく。

「つらかったです、今宮さんが傍にいてくれるの……でもそれ以上に嬉しかったんです！　牧野さんがいるってわかっていても、少しでも今宮さんと一緒にいられたらって、少しでも長く傍にいられたらって。今宮さん優しいから、もしかしたらなんて浅はかな期待しちゃうほど！」

期待させたつもりはなかった。オレとしては慎重に彼女との距離をはかりながら関わってきたつもりだった。

けれど主任たちが画策《かくさく》したくなるぐらい、誤解を与えてしまう行動をとっていたのかもしれない。

佐々木さんの涙に胸が痛まないわけではないけれど、彼女には再度伝えた方がいいのだろう。

「オレが好きなのは咲希だ」

言った瞬間、縋《すが》りつくように手が伸びてきて、同時に小さな体が胸の中に飛び込んできた。震える肩に、オレはこの子をどれほど苦しめてきたのだろうか、と思う。

「……わかっています！　でも今宮さんが好きです！」

駆け引きのないまっすぐすぎる感情がオレを突き刺す。

だからオレは甘ったるい声で名前を呼ばれても、一瞬誰に呼ばれたのかわからなかった。

＊　＊　＊

ざわざわと木々の葉が重なる音。どこかでスケボーでもしているのか、石の上をシャーッと走る音がする。遠くからは弾き語りのギターの音色が聞こえるけれど歌声までは届いてこない。

どこをどう抜けているかわからないまま、海藤くんの進む方向へ私もついていく。

横を通り過ぎて行くカップルは、互いにべったりと腕を絡ませてひっついていた。

街灯の明かりは鈍《にぶ》く、周囲は薄暗い。

ふいに空き地が広がって、滑《すべ》り台と二台のブランコがきいっと揺れているのが見えた。

水飲み場らしいところにしゃがみこむ女性と、それを支える男性の姿を発見して、私は足を止めた。

今日は課の送別会だ。当然朝陽は課の人たちといる……佐々木さんとも一緒だ。

二人は同じ駅の近くに住んでいるから、朝陽が佐々木さんを送る可能性は高い。

「牧野さん……？」

こんな薄暗い場所で何をしてるの。一瞬目を疑ったけれど佐々木さんの背中に触れ、庇《かば》う朝陽の姿が目の前にあるのは事実だ。

顔を上げた彼女の表情は見えない。公園内の明かりは誰もいない滑《すべ》り台を照らしている。

それでも朝陽に抱きついた佐々木さんのシルエットはよくわかった。

意図をしない方向に足が動くのをはじめて知った。

海藤くんが「牧野さん！」と鋭く叫ぶのが聞こえたけれど、私は彼らに向かっていってしまう。

どうして？

私がいないところでは、本当はいつもそんなに近くにいたの？

私の恋人だって知っているのに、どうして抱きつくの？

そして朝陽は、どうして彼女を振りほどかないの？

「……わかっています！　でも、今宮さんが好きです！」

はっきりとそう声が聞こえたとき、私は舞台が整ったのだと思った。

「朝陽っ」

私は愛しい人を呼ぶべく、彼の名前をかわいらしく言い放った。

「びっくりー。こんなところで会えるなんて思わなかったー」

小走りに駆けよって朝陽の背中を掴まえる。そしてにっこりと首を傾《かし》げて微笑んだ。

「……咲希……」

突然現れた私の存在に驚いているのは、もちろん朝陽だけじゃない。

涙目の子リスちゃんが怯《おび》えた視線を向けながらも動けずにいる。だから彼女の手は朝陽のシャツを掴んだままだ。

「こんばんは。佐々木さん……あなた、何しているの？　もしかして酔った勢いで告白？」

朝陽の腕に手を絡めて、私は子リスちゃんを睨《にら》む。暗くてよくわからないけど、おそらく彼女の顔は蒼白《そうはく》になっているだろう。それでも構わなかった。

私ももう限界だ。これ以上彼女に朝陽の傍にいてほしくない。

傍にいればいつかは振り向いてくれるのではないか、なんて意図は、彼女にはないのかもしれない。いつか自分が、なんて自信さえも。

ならば朝陽の傍にいることを許せるかと言っても、許せるはずない。

ずたずたに傷つけてやりたい、そんな凶悪な感情が渦巻《うずま》く。

「朝陽が優しくしてくれるからって、勘違いしてるんじゃない？　それともいつかは振り向いてくれるかもなんて期待しているの？　朝陽の彼女になるって？　朝陽はね、上司に頼まれてあなたの面倒を見ているの！　あなたみたいな子……朝陽が相手にするわけないでしょう！」

「咲希！」

固まったままの彼女の手を強く振り払うと私は朝陽と彼女の間に割り込む。

恐怖と屈辱《くつじょく》にまみれた目に涙がみるみる浮かんでくる。

朝陽が私の肩を掴んだけれど、それさえも私は振り払った。

「朝陽の同情を都合よく解釈しないで！　朝陽は仕事だからあなたと一緒にいるだけなの！」

「咲希！　やめろっ」

「なのに、私がいるのを知っていて……朝陽に告白なんかしないで！」

彼女を押そうとした手が捕らえられる。

肩を震わせて泣き出した佐々木さんを背中に庇《かば》い、朝陽は私を冷たい目で睨《にら》む。

「佐々木さん!!」

朝陽は踵《きびす》を返して走り出した子リスちゃんを追いかけようと、私に背中を向けた。

「朝陽!!」

行かせたくなくて強く名前を呼んだ。

朝陽が足を止めてゆっくり振り返る。感情の読めない冷たい表情がそこには浮かんでいて、どこか昔の彼を思い出した。

夏井さんへの嫌がらせを放置していた私に向けていた眼差しと同じ。

「あんな子、放っておきなさいよ！」

「……咲希……オレの部屋にいろ！　あとで話をしよう」

なんの話？　もう話すことなんてない。あとで、なんてない。

どうして彼女を追いかけようとするの？

私の返事なんか待たずに、朝陽は彼女を追いかけて行く。

近づいてほしくなかったの。

もう彼女の傍にいてほしくなかったの。

いつまであんたは彼女の傍にいるの？　優先するの？

そんなに近くにいたら、あんたはいつか彼女を選んでしまうじゃない!!

「朝陽!!」

やっぱりあなたは私より、彼女を優先する。

そんなことわかっていたよ……わかっていたの……

「……牧野さん」

まだいたんだ、と思ったけれど、海藤くんを気遣う余裕なんてなかった。心臓がどくどく音をたてている。

急激に発する熱。傷口がひらいてそこから血液が溢れていく。目の前がちかちかする。

「ここまで送ってくれてありがとう。もう帰っていいから」

「牧野さん!!」

私の両肩を海藤くんが掴む。けれどその顔を見ることはできない。どんな顔をして私を見ているかなんて知りたくもない。

最低なことをしたと思う。

ひどいことを言ったと思う。でも全部、私の本音だ。

備品室で責める後輩の言葉を聞いてからずっと、いつか自分も子リスちゃんに言ってしまいそうで怖かった。

「こんな私でもまだ好きだって言える？」

ためらった隙《すき》を逃さずに、私は肩に乗せられた手から逃れた。

公園を走り抜ける。どこに出るかわからなかったけれど、とにかくここから離れたかった。鬱蒼《うっそう》とした木々が私を責めるようにざわめく。

涙なんか出てこない。

あんな言い方をすれば呆れられるだろうことも、幻滅《げんめつ》されるだろうこともわかっていた。

朝陽が子リスちゃんを追いかけたのは当然の行動だ。

酔ってふらついていたうえに、ずたずたに傷つけられたかわいそうな子リスちゃんを放置なんてできない。健気《けなげ》に告白してきた、かわいいかわいい子リスちゃん。

今宮朝陽は本当に残酷なほど、優しくて甘い男なんだから。

呼び止めたタクシーに海藤くんは強引に乗り込んできた。

私は彼を無視したまま自分のマンションの住所を告げる。

朝陽は「オレのマンションで待て」と言ったけれど行けるわけがない。女のもとからいつ帰ってくるかわからない男を待てるほど私は強くない。

吐きそうなほど気分が悪かった。酔いなんかとっくにさめているのに、体がぐらぐら揺れる。だからマンションで一緒に降りた海藤くんに支えられても、私は抵抗しなかった。

恋人でもない男を部屋に連れ込んだことはない。彼がどういうつもりでついてきたのかわからないけれど、今はそんなこともどうでもいい。

私がうまく鍵穴に鍵をさし込めないのを見かねて、海藤くんが代わりにやってくれる。ドアが開くと、私は逃げるように部屋に入ってリビングの床に座り込んだ。

「牧野さん、大丈夫ですか？」

差し出されたコップの中身は水道水だろう。一気に飲み干したけれど、生温《なまぬる》くてまずかった。

「気分悪くないですか？」

「……こんなところまでついてきて……何がしたいの？」

「こういう状態のあなたを一人にはできません」

「……そういうのいらないから」

空《から》になったコップを、がたんと音を立ててテーブルに置いた。

私は今ものすごく泣きたいのだ。なのに海藤くんが傍にいるせいで泣けない。ここで泣いたら弱さをひけらかす浅ましい女になる。……私に泣く資格はないから。

思い出したくもないのに、怯《おび》えた子リスちゃんの顔が頭に浮かんでくる。そして無表情の朝陽の顔も。

私から彼女を庇《かば》ったときの朝陽のあの目は、きっとずっと忘れられない。怒りよりも悲しみ、こんな女だとは思わなかった、そんな呆れさえ感じられた。

「……今宮さんと付き合っていたんですね」

「あいつはあの子を選んだから……もう終わったけど」

「……牧野さん？」

「私が好きなんでしょう？　ヤりたいならヤらせてあげる。そうじゃないなら今すぐ帰って」

こんな女でもよければね。

私を見下ろしているだろう海藤くんの手が、ぎゅっと握りしめられる。

この子はどうするだろう。佐々木さんにひどい暴言をはいた私に幻滅《げんめつ》するならすればいい。同情に下心がないのであれば、さっさと帰ればいい。

もうどっちだって構わない。

「弱っているときにつけこまなくてどうするの？　そんな根性もないなら今すぐ帰りなさいよ！」

海藤くんは床に腰を下ろした。

「……僕を試すのはやめてください。あなたにとってはただの年下の後輩でも、僕にとっては違うんです。帰った方がいいのはわかっています……でも、こんなあなたを一人にできない」

「……一人に、して……」

ねえ、もう限界なんだよ。私は誰彼構わず傷つける。

子リスちゃんも、朝陽も、海藤くんも。

私はね、そういうあなたの優しさを利用できる女なの。つけこむ女なの。

ゆっくり、ゆっくりと顔を上げる。レースのカーテンから透ける月明かりに照らされる私の頬を温かいものが伝《つた》う。

ぼやける視界に欲望を抑えて苦悩する男の顔が映った。

「ま、きのさん……」

私は縋《すが》るように海藤くんを見たあと、そっと目を閉じた。

誘いに乗りたくないのであれば、逃げだせばいい。欲望に忠実でありたいなら、私を押し倒せばいい。そのくらい私は投げやりになっていたのだ。

じっと彼の出方を待った。

そのとき玄関先で物音がした。私はものすごく泣きたくなる。

来ないでほしかったのに。

そのまま子リスちゃんのところにいて、もう戻ってこなければよかったのに。彼女を追いかけて行ったのは、朝陽なんだよ。

「咲希！　いるんだろ！　咲希！」

朝陽は私の部屋の鍵を持っている。

私は朝陽の声に気づいて離れようとした海藤くんの手を掴まえ、彼に身を寄せた。朝陽にいっそ疑われるように。

私はね……朝陽に自分から「別れよう」なんて言えないの。

だから終わりにしたいなら、朝陽に言わせるしかないんだよ。

「さ……き？」

「まき、のさん」

「なんだ……佐々木さんのところから戻ってこないと思っていたのに」

吐き気を覚えながらも、私はなんとか言葉を発する。ここで泣いたら負けてしまう。

もうこれ以上は私には耐えられない。朝陽の傍にあの子がいる限り、私はどこまでもひどい最低な女になるだろう。

嫌われるのは時間の問題。傍で朝陽の気持ちが子リスちゃんに向かうのを見ていくのはきつい。いつ別れを切り出されるか怯《おび》えながら、一緒にはいられない。

叶わないとわかっていても好きになる。

諦めなきゃと思いながらできずにいる。

そんな健気《けなげ》で熱い視線、見返りなく与える心。

目、唇、指先すべてで朝陽を好きだと言っているあの子が傍にいるのに、心変わりをしないという朝陽を信じられないし、信じられない自分の弱さと自信のなさを克服することもできない。

海藤くんの手を掴んだまま、私はゆっくりと朝陽を見た。

彼の額には汗が光っている。緩んだままのシルバーのネクタイがゆらゆら揺れる。

「海藤くんね、私のことが好きなんだって。だから追いかけてきてくれたの……。私も……いつまでも私以外の女を優先させる人とは付き合っていけない。朝陽は佐々木さんを追いかけた。つまり佐々木さんを選んだってこと。だから私は、朝陽じゃなくて海藤くんを選ぶ」

「おまえ……何言ってんの？」

ぞくりと低い声が発せられる。初めて聞く怒りを押し殺した男のそれにびくっと怯《ひる》む。

怖い、怖い、怖い……逃げ場なんかどこにもないのに逃げたくなって、私は海藤くんから手を離した。

「海藤……って言ったっけ？　咲希をここまで送ってくれたことには礼を言う。けど、おまえ邪魔だから出て行け！」

後半の大きな声に海藤くんが慌てて立ち上がる。私と目が合うと海藤くんは朝陽の剣幕に怯《おび》えを隠さず、言葉を発した。

「僕はここにいます。こんな今宮さんと牧野さんを二人きりにするのは心配です」

「──っ！　おまえ!!」

朝陽が海藤くんの胸倉を掴んで、私は足をがくがく震わせつつもとっさに朝陽を押さえた。

「海藤くん！　大丈夫！　私、大丈夫だから……今日は色々ごめんね……だから、帰って」

「……わかりました」

数度私の方を振り返りながら、海藤くんが出て行く。

彼を巻き込んでしまった。けれどそれもわざとだ。罪悪感を抱くのは間違いなんだと言い聞かせる。

ぱたんと扉が閉まる音が届くと、それまでの騒動が嘘のようにしんと静まり返った。朝陽が来たときにつけたのだろう廊下の電気だけが部屋に差しこむ。

「オレが来なかったら……あいつと過ごすつもりだったのか？」

言葉を濁《にご》した朝陽に笑いたくなる。海藤くんが部屋に入るのを拒まなかったのは私。

離れようとした彼を掴まえたのも私。その事実を朝陽はどうとらえるんだろう。

「オレの部屋にいろ！」と言われたのに行かなかった、行けるわけがない。

「そうね……海藤くんと過ごしたと思う」

「オレへの腹いせに？」

「……腹いせになるの？　私を最初に切ったのは、朝陽よ」

「オレは！」

「いいの！　朝陽がどういうつもりだったかなんて関係ない！　佐々木さんを追いかけたその事実だけでもう十分！　結局朝陽は私より彼女を優先する。これからもあの子が傍にいる限り。そして私はあの子を嫌って妬《ねた》んでいく傷つけていく！　朝陽は私を最悪な女にする！」

朝陽の口癖だったね……いつも私に「サイアク」だって言っていた。そうなんだよ、私は最悪な女なんだよ。テンネンちゃんも嫌い、子リスちゃんも嫌い、イケメンも嫌い。

嫌ってばかりの私。

誰かを嫌えばそのぶんだけ嫌われるなんて、子どもでも知っていること。

誰も好きになれない私が誰かに好かれるわけがない。

「オレを許せない？」

「朝陽は私を許せるの？　海藤くんを誘ったのは私だよ」

私がどうして朝陽が佐々木さんを追いかけたのかわからないように、朝陽も私がどうして海藤くんを部屋に入れて、わざと挑発的な言い方をしたかなんてわからないだろう。

私はソファにまわり込み、どっと腰を下ろした。背後に立つ朝陽の顔を見ることはできない。部屋には蒸し暑さが残っているのに、肌は鳥肌を立てる。

「オレが好きなのは咲希だ」

「私だって朝陽が好きよ」

もう涙をこらえることはできなかった。

朝陽が好き、朝陽が好き……だからもう無理なの。

両手で顔を覆《おお》って、零《こぼ》れる涙を掌《てのひら》で受け止める。

朝陽がいつか子リスちゃんを好きになるところを見ていたくないの。

「好きだから苦しいの……佐々木さんの傍にいる朝陽を見るのはつらい。そこに気持ちはないとわかっていても、不安で不安でたまらない。だから、朝陽」

私を、解放して？

私を少しでも好きなら……別れて、ください。

＊　＊　＊

縋《すが》りつくような声で名前を呼ばれたけれど、オレは佐々木さんを追いかけるために走る。再度オレの名前を呼ぶ声が聞こえて、今すぐ咲希のもとへ戻るべきだと心の声が訴えかける。

咲希が放った言葉がどんなに辛辣《しんらつ》でも、それで佐々木さんが深く傷ついたとしても、オレが庇《かば》うべきは咲希だ。

駅の構内から漏れる明かりが見えてきて、オレは一瞬足を止める。

咲希の甘えた声の中に潜《ひそ》む陰り。佐々木さんに対峙したときの傷ついた表情。

今すぐに戻って掴まえなければ、オレは大事なものを失うかもしれない。

そんな恐れを抱きながらもなんとか足を進める。

佐々木さんを家まで送る、オレはそう、社の人間に伝えた。主任からも頼まれた。

最後まで見届けるのがオレの役割。そう言い聞かせて戻りたくなる足を前に進めた。

すると、高架下で見覚えのある背中を見つける。

「佐々木さん!!」

追いついて呼んだ名前が反響すると同時に、オレは佐々木さんの細い腕を掴まえた。振り返った瞳は涙に濡れて、非難のこもった視線でオレを射抜く。

「……って、なんで追いかけてくるんですか!!」

はあ、はあっと肩で息をする。酔いがまわっている体で走ったせいで、明らかに息が上がっている。

赤く染まった頬は涙に濡れ、オレの手を振り解《ほど》く力さえない。

「君を家まで送ると、社の人間には伝えてある。君を家まで確実に送り届ける義務がオレにはある」

自分でも冷たい言い方だとわかっていた。

けれど、オレが佐々木さんを追いかけたのは、ひとえにそのためだ。

彼女はストーカーの被害者で、その傷は完全に癒《い》えているわけじゃない。もしこの一瞬の隙《すき》に彼女がなんらかの事件に巻き込まれでもしたら、オレは必ず後悔する。身勝手な自己保身だ。

「今、宮さんは、残酷、です！」

悲痛な声が空気を震わせた。高架の青白い電球の光がオレたちの影を伸ばす。

「残酷なことをしているのはわかっているよ、君にも……咲希にも。だからオレなんかやめた方がいい」

コロンとした形のオフホワイトのバッグをかけたままの腕を上げて、佐々木さんは無理やり涙を拭《ぬぐ》った。

「ずるい……そんな言い方」

後ろから人の声が聞こえてきて、オレは彼女の腕を掴んだままゆっくり歩き出した。佐々木さんも素直についてくる。

男たちの陽気な声は、オレたちの様子など構うことなく、横を通りすぎていく。

ベージュのタイルが外壁のマンションが見えてくる。佐々木さんの新しい住まいは、築年数も浅くセキュリティーもしっかりしている。マンションの中に入るのを見送れば、オレの役目は終わりだ。

「咲希がひどいことを言った……ごめん」

「……今宮さんが謝ることじゃないです」

「いや、咲希にあんなことを言わせたのはオレだから、オレのせいだ」

さっきまではしきりに涙を拭《ぬぐ》っていたが、彼女はだんだんと落ち着きを取り戻していた。

「本当に今宮さん、残酷。牧野さんが大事でたまらないって……聞こえます」

「……大事な人だよ」

実際大事にはできていないけどね、と心の中で呟く。

佐々木さんのせいではないけれど、この子と関わってきたことが、どれだけ咲希を不安にさせてきたか実感した。

今この瞬間でさえ……オレは彼女を大切にできていない。

「期待させたつもりはなかった。でも、そう思わせたならすまなかった」

マンションの前でオレは佐々木さんの腕を離した。立ち止まって顔を上げた佐々木さんの目から、また新たに涙が溢れてくる。そして小さく首を横に振った。

「今宮さんは期待なんかさせていません。私が勝手に願ってしまっただけです。……もう、好きでいるのもだめなんですよね……」

彼女の言葉に、オレはすぐに返事ができなかった。

「ごめん」

結局それしか言えなくて、オレは自分を嘲笑《あざわら》いたくなる。

佐々木さんは顔を歪《ゆが》めて、深く頭を下げた。

「今までありがとうございました。気をつけて帰ってください」

彼女はいつもの言葉で最後を締めくくる。自動ドアの中に消えていく背中をオレは無言で見送った。


できればオレの部屋にいてほしいと思い、一度家に帰ったが、その願いは叶わなかった。

オレは再び駅へ戻り、タクシー乗場のあるロータリーへ向かった。咲希の部屋へタクシーで向かうためだ。

佐々木さんを傷つけた痛みより、もっと強い痛みが走る。

それはきっと咲希もまた感じているものだと思った。

だが、まさか咲希の部屋に男がいるとは思わず、二人の姿を見たときオレは怒りが込み上げた。

あの場面で佐々木さんを追いかけたのが、間違いだとは思いたくなかった。彼女は酔っていてそしてずたずたに傷つけられていた。咲希によって、ひいてはオレによって。

咲希が佐々木さんに放った言葉は、これまで彼女が言ってきた棘《とげ》のある言葉の中でもかなりひどいものだった。

どうすれば効果的に傷つけられるか計算された言葉。仕事中の彼女の発言から、彼女にそんな部分があることは知っていた。

オレは当初、その表面だけを見て性格のきつい女だと腹立たしく思っていたが、今はその奥に隠されていたものがわかる。

あれらの裏側に隠されていた咲希の不安、傷。

彼女にあそこまで言わせたのはオレだ。

佐々木さんを傷つけ、そして咲希自身が傷ついている。

佐々木さんを追いかけたオレにますます傷ついただろう咲希を思うと、手の隙間《すきま》から零《こぼ》れていく砂を思い出す。

やはり佐々木さんを追いかけたのは、間違いだったのか。何度自問しても、答えは出ない。

咲希はオレを見限るかもしれない。

失う……？

だから、部屋に男を招き入れた咲希に対する衝動を抑えた。

相手がまとわりついていた後輩の海藤だと知ったときの怒りは自分を燃やしつくしそうだった。

けれど、それは今は置いておく。

オレが気を張らなければいけないのは、咲希を失うかもしれない可能性についてだ。

「私だって朝陽が好きよ」

ソファに座り込んだ咲希の背中に、ゆるやかに髪が落ちる。

細い肩は小刻みに震えて、彼女をますます小さく見せる。くぐもった声は鼻をすする音に変わり、「好き」だと告げられているのに胸が痛む。

互いに「好き」だと思っている。それを伝えあっている。

なのに咲希はひどく泣いていて、傍にいるのはつらいと零《こぼ》す。

両想いなのにうまくいかない。そんな恋愛があるのか？

「好き」なのに、咲希は「別れ」を望む。

不安にさせてきた。傷つけてきた。

……それはわかっている。わかっていたのに何もしなかったオレの責任だということも。

「別れよう」

オレからのその言葉を期待しているのだと背中が語っている。

そう言えば、おまえは楽になれるのか？　傷つかなくてすむのか？

オレがおまえを手放してやれれば……

そんなに震えるほど泣かずにすむのだろうか……

＊　＊　＊

嘘でも「別れよう」と言葉にできない。私からは言えない。

だから朝陽から……「別れよう」と言ってもらえればきっと別れられる。そうすればこれ以上誰も傷つけなくてすむ。

朝陽が近づいてくる音に怯《おび》え、私は動けなかった。

涙を拭《ぬぐ》いもせず、ただ自《みず》らを抱きしめるように腕をまわして、床の上に置いた足を見つめる。

朝陽は私の隣に座り、突然銀色の布を手首に巻きつけてきた。

それが朝陽のネクタイだと気づいたのは、目の端にゆらりと揺れたネクタイが映ったあと。そのまま肩を押されて、ソファの上に押し倒される。

別れよう……そう紡《つむ》がれると思っていた唇は。

「咲希……オレと」

「結婚しよう」

そう言った。

ネクタイで拘束された腕が上げられる。すぐ傍に朝陽の顔があって、前髪がはらりと落ちた。

「結婚しよう、咲希。イエス以外の返事はきかない。応じるまでオレはおまえを離さない」

朝陽は目じりの涙を唇で拭《ぬぐ》う。そしてブラウスの上から優しく胸を覆《おお》った。

「やっ、朝陽！　私はもう」

「別れたいんだよ」――その言葉は唇に塞《ふさ》がれて出なかった。

舌がすぐに入りこんでくる。どこか怒りを含んだそれは、押し込んだあと、私の唇を舐める。

佐々木さんを追いかけたのは朝陽。海藤くんを部屋に入れたのは私。

私は彼女を追いかけた朝陽を許せない。ううん、許せないんじゃない。これから先も見ることになるその光景に耐えられないから逃げたいだけ。

「オレが好きなのは咲希だけだ！　これからもずっと！」

嘘だとか本当だとか、信じるとか信じないだとか、強いとか弱いとか。

正解も間違いも、わからない。

「海藤を選ばせたりしない!!」

私を見下ろす朝陽の目が涙で潤《うる》んでいる。男の人が泣く姿を私は初めて見た。

「ひどいこと……言ったのよ。佐々木さんにあんなひどいこと言ったのよ！　だから朝陽は彼女を追いかけたんでしょう!!」

ずっとずっと言いたかった。ただ彼女を傷つけたかった。そんな性格の悪い女なのだ。

そしてそういう私にとって、朝陽の存在はいいのか悪いのかわからない。

朝陽は私を弱くする、意地悪にする、嫉妬《しっと》深くて、性格のきつい最悪な女にする。

「言わせたのはオレだ。おまえは『嫌だ』って言ったのに……そこにどれだけのおまえの気持ちがあるのか、もっと考えてやればよかった。きちんと聞き出せばよかった……こんなに不安にさせて、ひどいことを言わせて、おまえを傷つけたのはオレだ。でも、それでおまえを失うのは嫌だ!!」

背中に腕をまわされて、ぎゅっと抱きしめられる。

朝陽を好きすぎて苦しいの。

私はきっとずっと朝陽の気持ちを疑っていく。そして朝陽を傷つけていく。

それは朝陽がイケメンだからとか、私にトラウマがあるからとかが理由じゃない。

私が、弱いからだ。

大きな手で私の涙を拭《ぬぐ》ったあと、彼はぽつりと雫《しずく》を落とした。ああ、男の人が泣くのを見ると、こんなに胸が痛むんだ。自分が泣くよりもつらいなんて知らなかった。

好きになりたくなかった。本当に……好きにならなければ、こんなに朝陽を傷つけなくてすんだんだ。朝陽だけでなく、子リスちゃんも、海藤くんも。

朝陽の涙を拭《ぬぐ》いたくても、手を伸ばせない現実に笑いたくなる。

なんでこいつはいつも私を縛るのかな。よしよしって頭を撫でることもできないじゃんか。

「……咲希！」

ぎゅっと背中にまわされた腕が私を離したくないと雄弁に語る。

私のずるさや弱さは朝陽の言葉を拒んでいるのに、こいつの気持ちはすうっと染みわたってくる。いつも、いつも。

それでも私は言わなければならないのだろう、彼を傷つける言葉を。

「……朝陽の傍に佐々木さんがいる限り……私は朝陽を疑う。あの子を嫌う。自分が自分で嫌になるぐらい最悪な女になる。でも、もう朝陽には近づいてほしくないのに、あの子の気持ちがわかるの。好きになってもらえないってわかっているのに、それでも傍にいたいあの子の気持ちは……透の傍にいたときの私と同じ。どっちの気持ちもわかって、自分がふたつに引き裂かれる！　それが苦しくてたまらない……ごめん、朝陽……」

心の中に透の存在は変わらずあるけれど、今は朝陽のことも胸の中にある。

それは自分でも知らなかったいろんな感情を教えてくれる。

朝陽の気持ちも私にあって、私の気持ちも朝陽にある。

それは確かなのに、どうしてそれは幸せの色に染まらないのか。

「朝陽、好き……大好き……」

「オレはおまえを泣かせてばかりだ」

朝陽の唇が震えている。ふわりと背中から腕が離れる。

縛っていたネクタイが外されて、ソファの下にはらりと落ちた。

解放された腕を伸ばして朝陽の水滴を指先で拭《ぬぐ》う。

「オレと別れれば……おまえは楽になれるのか？」

「……っ!!」

反射的に別れるのは嫌だと思う自分のずるさに嫌悪する。頷《うなず》くことなんかできない。

頷《うなず》くことも否定することもできなくて、私は名前を呼んで朝陽に縋《すが》りついた。

「あさひぃ」

朝陽は私をしっかり受け止めて強く抱きしめる。

こめかみに落ちるキス。涙を拭《ぬぐ》うキス。

手は優しく私の髪をすき、愛しいと伝えてくる。

朝陽に傷つけられるのは苦しいのに、私の傷を癒《いや》していくのも朝陽だ。

透の結婚が決まった日から……恋人と別れた日からずっと朝陽は私を慰《なぐさ》めてくれた。

「佐々木さんを追いかけたのは、きちんと断るためだ。指導係もサポートからも外れることになった。彼女との接点は失くしていく。もうおまえを傷つけたり、不安にさせたりしない……」

淡々とした朝陽の声が私の弱さを抉《えぐ》っていく。

朝陽に佐々木さんから距離を置くとまで言わせた私のずるさが露呈したような気がした。

なんで私はテンネンちゃんや子リスちゃんみたいに綺麗じゃないんだろう、強くないんだろう。

「咲希……それでもオレと別れた方が楽になれるのか？」

そんな聞かれ方されたら私は答えられない。

だって私は朝陽に「別れたい」なんて嘘でも言えない。朝陽が「別れたい」って言わなきゃ……

「私……意地悪だし卑怯《ひきょう》だよ……弱いから、これからもいっぱいこんなふうに朝陽を困らせる。勝手に不安になって逃げ出して、朝陽も他の人も傷つけていく。私は……朝陽にふさわしくないっ!!」

「いい!!　意地悪で卑怯《ひきょう》で弱くて不安になって逃げ出して傷つける咲希がいい。オレはそういうおまえが欲しいんだ。我儘《わがまま》になっていい、甘えていい。オレがその都度こうやって抱きしめてやる！　だからおまえは、苦しくても自信がなくても楽じゃなくてもオレの傍にいろ！　オレは、どんなに逃げられてもおまえを捕まえにいく」

額がこつんと合わさって、視界に朝陽の目が映った。少し濡れたそれは縋《すが》るようでもあり、揺るぎない強さを秘めているようでもあって見惚《みと》れそうになる。

朝陽の言葉が……心の中に染み渡ってきた。

ふわっと優しい光が照らして重かったものが軽くなっていく。

綺麗でいなきゃ、強くいなきゃ、しっかりしなきゃ……傍にいるためには武装しなきゃ。

朝陽はそんな私の努力を破壊していく。

奥底に隠していた小さくてずるくて弱い自分を引き出すから。

そして……そんな私でいいって言うから。

「馬鹿じゃないの！」

「馬鹿でいい……おまえが手に入るんなら。オレは牧野咲希が好きだ。結婚して縛りつけたいくらいおまえが好きだ。おまえであればもうどんなだって構わない!!」

「私も……朝陽が好き、結婚したいくらい好き」

息が近づいて、唇が触れる。

泣いていい、甘えていい、我儘《わがまま》を言っていい……

武装していないありのままの私でいい。

私は誰かがそう言ってくれるのをずっと待っていたのかもしれない。


ぎゅっと強く抱き合って何度もキスを交わす。涙の名残が首筋に伝《つた》って汗と混ざり合った。

「暑い……」

「エアコンのリモコンどこだよ。ああ、あった」

朝陽がテーブルの上のリモコンを掴んで、ボタンを押した。

涙か涎《よだれ》か汗かわからないものが首筋には滲《にじ》んでいるはずなのに、朝陽は平気でそこを唇でなぞっていく。

ブラウスのボタンを外されると、それはパッと床に落ちた。キャミソールの肩ひもを下ろしながら、ブラのホックを外す。

その間も肩や鎖骨にキスを落としては、再び唇を覆《おお》った。

追い求めるように舌を絡ませ合う。口内を探るというよりも蹂躙《じゅうりん》すると言った方がぴったりな動き。

スカートのファスナーを下ろし、足から抜く。いつもの器用さを発揮して下着も脱がせると、朝陽は私だけを全裸にした。

悔しくて私も朝陽のシャツを脱がせていく。シャワーを浴びたい気もするけれど、今はただぐしゃぐしゃになりたかった。

ぶーんとうなりはじめたエアコンのかすかな風も、私たちの熱を抑えられない。

「咲希……あとでイかせてやるから、今は挿《い》れさせろ」

朝陽は指でそっと私の中を確かめたあと、いきなり挿《い》れてきた。

濡れてはいたものの、まだ窮屈さを残すそこに圧迫感が押し寄せる。

痛みは一瞬で、幾度《いくど》か腰を動かされるだけで潤《うるお》っていくのがわかる。

背中にまわした腕にぎゅっと力を入れて、朝陽は私の奥を抉《えぐ》るように突いた。

私の体の形を確かめるみたいに動かされ、何もかもを奪われそうになる。

「失うかと思った……」

ハッという息とともに漏らされる言葉に、胸が痛む。

朝陽が震えている気がして、ああ、こいつも不安だったのかと初めて気づく。

「私は……いつもそう思っていた……」

ああ、また泣きそうになるよ。こうして繋がって気持ちも通じ合っているのに、どうしていつまでも安心できないんだろう。

「いつ嫌われるかなって、飽きられるかなって怖かった」

「そんなことあるはずがない。オレはおまえに溺《おぼ》れているって、何度も言ったのに」

「自信ない」

「……なくていい。いいから、不安になったら口にしろ。甘やかしてやる、どれだけでも。あんな男に逃げるな」

短く息を吐きながら、痛みと我慢とを強《し》いられた瞳で朝陽は私を見下ろす。ゆるやかに動くたびに、汗が落ちてくる。

雲が流れていったのか、レースのカーテンから覗《のぞ》く月明かりが部屋の中に差しこんでくる。

「あいつは透に似ているかもしれないが、透じゃない。おまえが透に似ていると感じるなら、なおさらあんな男にやらない。オレはおまえの中の透だって壊したいんだ！」

ぐいっと強く突き上げて、朝陽は私の胸の先をやわらかく食《は》む。

胸の奥の透の影を噛み殺すように少し乱暴に。

子リスちゃんの存在に怯《おび》え続けた私と同じく、朝陽も胸の中にいる透の影に怯《おび》えていたのかもしれない。

互いが初めての相手じゃない、何度か恋をして破れて……それを互いに知っているからこそ、乗り越えなければならないものが増える。

年齢を重ねるともっと上手に恋愛ができると思っていたのに、繰り返される痛みと傷で臆病《おくびょう》になる。

「……とっくに壊されている……」

透を想う気持ちとは違うって何度も思い知らされた。自分がこんなに卑怯《ひきょう》で汚いなんて気づきたくなかったのに、この男は私の中の透も私自身も壊していったのだ。

私は朝陽の首の後ろに腕をまわして足を腰に絡ませると、強く自分に引き寄せた。腰を揺らし、貪欲《どんよく》に朝陽を貪《むさぼ》る。

「もっと壊して……朝陽」

弱さもプライドも過去のトラウマもつまらない武装も……全部壊して。

朝陽が腰を打ちつけるリズムに合わせるように私も腰を動かした。

タイミングが合うごとにどんどん中に入ってくるような感覚が湧き起こり、どこまでも溶けて一緒になってしまいたくなる。「咲希、イくっ」と低くかすれた声で宣言されて、唇を重ねあっていると、ついていけないほどの速度で抉《えぐ》られた。

痛みか快感かわからないものが、その部分から背筋を伝《つた》って抜けていった。

「ひゃっ」

引き抜かれ、朝陽は急いでゴムを片づけたかと思うと、私を抱え上げた。

ソファはやっぱり狭くてやりづらかったんだろう。寝室スペースに移動すると、少し乱暴にベッドに寝かせられた。シーツのかすかな冷たさが気持ちいい。

再び口内に舌が入り込み、何度も角度を変えて絡ませ合った。

朝陽はふいに唇を外して私を見下ろす。リビングよりも明るく入り込んでくる月の光は、奇妙な影を肌に映す。

朝陽の唇の隙間《すきま》からきらめくものが伝《つた》い、私はそれを受け止めた。

朝陽だけのものか、私のものと混じり合ったものかわからない。それがねっとりと喉《のど》に入り込んでくる。

伏せた睫毛《まつげ》はいつもより長く見えて、朝陽からたちのぼる壮絶な色気が私から理性をもぎとった。

朝陽の唾液をごくんと喉《のど》を鳴らして呑み込む。彼の液体が私の中に入り込んで混ざり合う。いつか私の中に直接流し込まれるものを期待させるように。

「まだイってないだろう？　今度はおまえをイかせてやるよ」

その言葉だけでも私の体は濡れてくる。だって私の体は朝陽にどれほど乱されたか、いやらしいことをされたか、イかされたか覚えているから。

期待を込めるように少し零《こぼ》れた唾液を拭《ぬぐ》い取るべく、舌で唇を舐めた。

朝陽が私の痴態《ちたい》を見て小さく舌打ちする。

「マジで壊すぞ、おまえ」

「いいよって言った」

壊される相手が朝陽なら私は幸せだ。

朝陽は私を睨《にら》むと、首筋にちりりとした痛みを押しつけた。

「やっ、馬鹿っ」

目立つ場所にアトをつけられた。そのままぺろりと鎖骨を舐められる。

生暖かいその感触は脇の下にも入り込む。汗で汚いと思うけれど、いっそ朝陽も汚れてしまえばいい。

朝陽は両手で私の胸を支えると、揉み込みながら揺すった。すでに硬くなっていたそこを舌でくるむ。包み込むように舐めたかと思えば、舌を尖《とが》らせて上下左右に揺する。片方は指先で同じように動かして、先端を尖《とが》らせる。

「ひゃっ、あんっ」

執拗《しつよう》に舐めまわされて、じんじんと痺《しび》れてくる。胸とは別の場所が感じ始める。触られてもいない場所が勝手に疼《うず》きはじめて、私は思わず足を閉じた。

「朝陽、やだっ、朝陽！」

それでなくても一度は高みに引き上げられている。朝陽の形もそこからもたらされるものも、膣《ちつ》の中は覚えていて、足りないと嘆《なげ》く。

胸だけでイきそうになる自分が嫌だ。スーッと背中に冷たいものが走っていく。

両胸を寄せられてできた谷間に下から上へと舐めまわされると、どこをどうされているかわからなくなる。

「あん、ああんっ、ああっ」

声がいやらしい。でも今日は我慢しない。私の声で朝陽がもっといやらしくなって、私にいやらしいことをすればいいと思っているから。

「あさひぃ」

「かわいい、咲希。素直にイけよ」

ちゅうっと出るはずもないものを吸い上げるようにして胸の先を刺激された瞬間、足の間から何か零《こぼ》れたのがわかった。

「やあっ、だめっ朝陽！」

胸だけでイかされた瞬間、朝陽は私の足を大きく開く。快感と恥ずかしさで涙が零《こぼ》れた。

「やっ、見ないで。やだあっ」

「ちゃんとイけた？」

「イったよぉ」

「まだイけるだろう？　咲希のココ、すごいことになっている」

「言うな！　バカっ」

ふわっと息を吹きかけられて、それだけでピクリとはねた。足の間を男に晒《さら》け出し、なおかつ感じていることを露《あら》わにする。朝陽は恥ずかしくて顔を隠していた私の手をうやうやしく外すと、そっとそれらを私の膝《ひざ》に置いた。

「咲希、足は閉じるな」

「あさひ……」

「そのまま広げておいて」

反射的に首を横に振ったけれど、手も足も動かない。だけど、私にそう命令する朝陽の声は優しくてその表情も穏やか。愛しそうに私を見つめてくる。

部屋の明かりがついていないことだけが救いだけれど、月がそこを照らしていた。

足を開いてイった場所を見せつける。音も動きも一度止まって、これまでの激しさが嘘のように、しんと部屋が静まり返っている。

「朝陽……見ないで」

「オレしか見ない」

激しく激情のまま乱れる方がいやらしいと思っていた。でもこんなふうに引いた波の中で静かに見つめられることの方がずっと淫靡《いんび》だ。

「朝陽！　やあっ」

「零《こぼ》れてきた……オレに見られるだけでイく？」

朝陽が何を見ているか、手に取るようにわかる。汗が引いていくのか、逆にしめっていくのかわからず、足も手も動かせないまま見せ続けた。

ひくりと中が蠢《うごめ》くたびに溢れていくもの、零《こぼ》れていくもの、そして勝手にたちあがっていくもの。

見られて恥ずかしいなら目を閉じればいいのに、私を見下ろす朝陽の表情をずっと見ていたいとも思う。

優しい口元に穏やかな目。こめかみから伝い落ちる汗に濡れてくる吐息。顔がいいせいでそれらはすごく絵になっていて、改めて朝陽は本当に綺麗だと思う。

「咲希……いやらしくて、かわいいよ」

私の目じりを朝陽の指が伝《つた》う。泣いているのは羞恥《しゅうち》と快感のせいだと朝陽もわかっている。内側から熱が生じた。触られることも入れられることもなく、見られるだけでイくなんて。一人きりでイくことが少しだけ寂しい気がしたけれど、朝陽が見守っている。

「咲希、イって」

「あっ……んんっ、はあっ」

涙と一緒に零《こぼ》れ落ちていくものを感じながら、体はびくびくと震えて、私は背中を反らした。

＊＊＊

オレに見られながらイく咲希は表情を歪《ゆが》めながらも、頬を染め、縋《すが》るようにこちらを見つめていた。

傷つけないで大事にしたいと思う反面、やっぱりこういうときには泣かせたいと思ってしまう。

普段は気の強い彼女だからこそ。

「壊して」と望まれた通り、オレは咲希を追い詰めていた。耳に届くのは普段は聞けない、高くて艶《つや》やかな声。これまではどんなに激しくしても抑えようとしていたのに、今は自《みずか》ら望んで声を上げているように見える。

咲希はうつぶせになって枕に顔を押しつけている。それでも漏れる吐息と悲鳴が、舌でつつくたびに落ちてくる彼女の雫《しずく》が、どれだけ感じているか素直に教えてくるから、オレは彼女を追い詰めるのをやめることができない。

顔が見えないから後ろは嫌だと言われて遠慮していたが、オレは腰を掴まえてあそこに口づけた。キスをするように吸いついて奥へと侵入する。わざと音をたてて溢れる蜜を呑み込みながら、指で探っていく。

形の綺麗なお尻を揉んで引っ張ると、ピンク色の襞《ひだ》が見えてオレの指を呑み込んでいるのがわかる。濡れたそこは淫靡《いんび》に光り、いくらでも入りそうに見える。数本の指を入れてできるだけ広げる。咲希が乱れる場所を少し乱暴にこすっていくと、どっと蜜が溢れてきた。

「やあっ、朝陽！　やだっ」

たまらず逃げようとする腰を引き寄せる。

がくがくと震え出したのを見計らって、強引に己をねじ込んだ。熱くうねる襞《ひだ》が優しく包み込んでくる。背中に覆《おお》いかぶさり、掌《てのひら》にすっぽりはまる形の綺麗な胸を崩す。

項《うなじ》から背中に舌を這わせればさらに咲希は震えたけれど、容赦なく奥を突く。激しい水音と同時に隙間《すきま》から飛び散る蜜。出し入れするたびにあまりにもいやらしく形を変えるそれは、オレをしぼりとろうと卑猥《ひわい》に動く。

同時にあられもない声が部屋の中に響いて、オレを限界に近づけていった。

失うかもしれない恐怖を初めて感じた。

今こうして腕の中で拘束して咲希と繋がっていても、なぜか安心できない。綱渡りをしているような咲希との関係。

オレの不甲斐《ふがい》なさを透は笑うだろうけれど、逃げようとする咲希も相当頑固だと思う。

ソファの下に落としてきたネクタイをもう一度拾ってきて、永遠に逃げられないようにするか、手錠を準備するかと考えて、やっぱり指輪が一番かなと思い直す。

いや、いっそそのままの咲希を味わって卑怯《ひきょう》で汚い手段を使うか。

結婚が先でも妊娠が先でもいい。とにかくオレの傍に縛りつける方法を考える。形は違うとはいえ透がやってこられたんだ、オレにやれないわけがない。

透の執着《しゅうちゃく》を恐ろしく感じていたかつての自分はかわいかったなと、フッと笑いたくなる。たぶん咲希は男を執着《しゅうちゃく》させる素地を持っている。本人がそれに気がついていないのが皮肉だけれど。

一際高い声が響いて、がくんと腕の中で咲希が崩れる。

体重をかけすぎないように咲希の上に重なった。閉じた瞼に震える睫毛《まつげ》、汗と涙にまみれた頬は熱でも出たように赤い。

耳にキスを落とし、その下のくぼみにも項《うなじ》にも唇を落として、意識を飛ばした彼女を味わいつくす。

彼女の中はいまだに生きているように蠢《うごめ》いてその気持ちよさに、すぐに固くなりそうだった。

体の繋がりを凌駕《りょうが》する心の繋がりが少しだけ失う恐怖を和《やわ》らげた。

咲希を抱くと、満たされる感覚が広がる。

顔立ちがかわいいとかスタイルがいいとか、そういうのを超えて「咲希がいい」と思う自分がおかしいのか、思わせる咲希がすごいのかわからない。ただ、後ろ髪ひかれる思いで彼女の中から出たあとに、零《こぼ》れ落ちるものを眺めて安堵《あんど》するぐらいには毒されている。

「咲希……愛している」

ドラマか小説の中でしか聞いたことのない台詞《セリフ》がすんなり出てきて、オレはいつもと同じように咲希の髪を優しく撫でた。

＊　＊　＊

朝陽の指がそっと目じりに触れる。こいつはセックスは激しいのに、触れ方はいつも優しい。頬を撫でるときとか髪をすくときとか指を絡めるときとか、指先ひとつで私を大事にしていると伝えてくる。そこがすごくずるいと思う。

「目腫《は》れたな……ごめん」

ようやく冷えた部屋は体の熱を和《やわ》らげていくが、肌には互いの汗か涙かそれ以外のものかわからないものがまとわりついている。

泣いた朝陽を思い出して、そのあとに傷つけた子リスちゃんを思い出す。

彼女の目はきっと私以上に腫《は》れているだろう。そして私には朝陽がいるけれど彼女にはいない。

自分の手で散々傷つけておきながら、それでもまだ完全に彼女に優しくなれない自分。

その自分のずるさに惨《みじ》めな気持ちになって、私は朝陽に寄り添った。朝陽は当たり前のように背中に腕を回し、やわらかく私をくるむ。

「咲希……？」

どうしてこんなに泣きたくなるんだろう。

どうしてこんなに弱くなるんだろう。

どうしてこんなに好きになってしまったんだろう。

「……本当に私でいいの？」

「おまえがいい」

「佐々木さんに意地悪しても嫌わない？」

「……おまえが意地悪しなくてすむようにする」

「嫌わない？」

「嫌いにならない……どんなおまえでも」

涙と一緒に笑い声が出る。

こいつは懐《ふところ》に入った人間にこんなに甘くなるんだ、すごくタチが悪い。

大きな掌《てのひら》が私の頭を優しく撫でる。子どもにする仕草なのに、いくつになっても安堵《あんど》して許されているると感じるのは、幼い頃にすりこまれたせいだろうか。

「海藤くんを怒らない？」

撫でていた手の動きが止まって、朝陽が短く息を吐き出した。目の前にあるのは朝陽ののどぼとけ。それがごくりと動く。

「…………」

「怒らない？」

「善処する……」

朝陽はしぶしぶといった感じで言葉を吐き出した。

私は朝陽の脇の下から手を伸ばして、背中にしがみつく。朝陽も私と同じように力を入れてくれる。今なら聞けるかもしれないと、不安に思っていたことを口にした。

ずっと聞きたかったこと。

「あんたの好きなタイプって、ああいう子じゃないの？」

「ああいう子って？」

そう言いながら、朝陽が誰を思い出しているのかわかって、ちょっとむっとした。

「大人しそうで……優しくて、健気《けなげ》で、不器用だけど一生懸命で、どこかほっとけなくて庇《かば》いたくて守りたい……みたいな。天然っぽい子」

私が吐いた言葉の羅列《られつ》を聞いて、朝陽の眉根が寄っていく。復唱でもしているのか、唇が動く。

「まあ、そうかもな」

「じゃあなんで私なの？」

こいつが庇《かば》ったり気遣ったり優しくしたりするのは、基本的にはそういう地味で大人しい子だ。私とは真逆。

だから私はずっと自信がないいんだよ。朝陽の気持ちを信じられないいんだよ。ほんのちょっと唇を尖《とが》らせて拗ねてみる。こいつは私の聞きたいことが理解できないみたいに首を傾《かたむ》けた。

「私、そういうかわいいタイプじゃないもん」

「じゃあ、おまえはどういうタイプなんだよ」

「え？　うーん、気が強くてしっかりしていて、一人でも平気そうで、かわいげがない……？」

よく男に言われる言葉を並べてみました。なんか自分で言って自分でへこんじゃう。

こいつのタイプが見た目が派手で自信家で、仕事もそれなりにできて、積極的な女だったら、私もここまで自分を卑下しなくてすんだのだろうか。うーん、わからない。

「それも咲希の一面だな。でもおまえは、夏井さんを遠まわしにフォローする優しさを持っていて、むかつくけど、透を一途《いちず》に思うほど健気《けなげ》で、そういうのを素直に表せないほど不器用で、本当は一生懸命自分を磨《みが》こうと努力して……だからそういうところがほっとけなくて」

「もういい！　もういいよ、わかった」

やだっ、そういうこと言われるの！　なんだか自分じゃないみたいで気持ち悪い。だけど強く否定できない。

「オレにとっては庇《かば》いたくて、守りたい。そういう存在。天然の子を嫌っているくせに、自分がそうだと気づかない……究極の天然だな」

「はあっ？　何それっ!!」

「ほら。自分でわかってない」

「私は天然じゃないわよ！　彼女たちと一緒にしないで!!」

朝陽は目に面白そうな光を宿《やど》して、にやにやしている。

さっきは泣いたくせに！　私も泣いたけど！

朝陽は「ハイ、ハイ」と投げやりに言うと、ふわりとキスを落とした。唇がしっとりと重なる。

小さく開けた間から舌が入り込んできて絡めた。口の中のひとつひとつを探る動きに合わせて、私も朝陽を探る。けれど追いつけなくて、結局こくんと喉《のど》をならすのは私になる。

肩から腕を撫でまわしていた手が、掌《てのひら》に辿《たど》りついて指を絡め合う。

キスだけで全身が疼《うず》いてきて、散々気持ちよくされたあとなのに、自分でも呆れてしまう。

「天然じゃないわよ……」

「どっちでもいいよ。おまえなら」

キスでごまかされた気がして再度否定するけれど、やっぱり私の言うことを聞いていない感じで絡めた指に力が込められる。

朝陽は左手の薬指の先を口の中に入れると、ちゅっと舌で舐めてきた。慌てて指を引っこめようとすると、歯と舌で押さえて動けなくする。

そして指の付け根に軽く歯をたててきた。軽い痛みを残して解放する。唾液で湿《しめ》った感触と付け根への小さな刺激。

「指輪……買いに行くぞ」

「……うん」

「会社でももう内緒にはしない。何かされたら絶対オレに言え。必ず守る」

「……うん」

「海藤には近づくな……いや、他の男にも」

「……うん、近づかない」

「おまえ、やっぱりかわいい」

そうだね、朝陽がそう言ってくれれば、私はかわいい女の子でいられるかもしれない。

テンネンちゃんみたいに。

子リスちゃんみたいに。

朝陽の手で私は塗りかえられていく。

強がらなくても、媚《こび》を売らなくても、意地悪でも、卑怯《ひきょう》でも弱くても――

ありのままの私を愛してくれるのなら、天然でもいい。

「愛している、朝陽」

「愛している、咲希」

イケメンでもテンネンでも。

ありのままの、あなたと私で。

流月るる（るづきるる）
WEBにて恋愛小説を発表し続け、「イケメンとテンネン」で出版デビューに至る。日本酒とワインが好き。

イラスト：アキハル。

本書は、「ムーンライトノベルス」（http://mnlt.syosetu.com/）に掲載されていたものを、改稿のうえ書籍化したものです。

イケメンとテンネン

流月るる（るづきるる）

2015年1月31日初版発行

編集－阿部由佳・羽藤瞳
編集長－塙綾子
発行者－梶本雄介
発行所－株式会社アルファポリス
〒150-6005 東京都渋谷区恵比寿4-20-3 恵比寿ｶﾞｰﾃﾞﾝﾌﾟﾚｲｽﾀﾜｰ5F
TEL 03-6277-1601（営業） 03-6277-1602（編集）
URL http://www.alphapolis.co.jp/
発売元－株式会社星雲社
〒112-0012東京都文京区大塚3-21-10
TEL 03-3947-1021
装丁イラスト－アキハル。
装丁デザイン－ansyyqdesign
印刷－中央精版印刷株式会社

価格はカバーに表示されてあります。
落丁乱丁の場合はアルファポリスまでご連絡ください。
送料は小社負担でお取り替えします。

ISBN978-4-434-20118-9 C0093